엄지혜

엄마, 직장인, 독자. 이 세 가지 정체성을 각별히 여긴다.
책을 좋아하지만 사람이 더 좋다. "행복은 소유의 양이
아니라 관계의 질에 있다"는 말을 20년 넘게 마음에 품고 산다.
예스24에서 『채널예스』 『책읽아웃』 등을 만들었고,
에세이 『까다롭게 좋아하는 사람』 『돌봄과 작업』(공저)
『혼자 점심 먹는 사람을 위한 산문』(공저) 등을 썼다.
인스타그램 @koejejej

태도의 말들

태도의 말들

: 사소한 것이 언제나 더 중요하다

엄지혜 지음

머리말
진심보다 태도

　'약속 시간'에 목숨 거는 나는 인터뷰 장소에 적어도 5분 전에
도착해야 안심이 된다. 하루는 한국 문단에서 떠오르는 소설가를
인터뷰하게 됐는데, 이날은 회사에서 일정이 많아 겨우 시간을 맞
출 수 있을까 싶게 아슬아슬했다. 홍대 전철역에 내리자마자 예약
한 카페를 향해 달렸다. 사진 기자는 이미 도착해 있다고 하니 마
음이 더욱 바빠졌다. 그런데 저기 어떤 남자가 나보다 더 빠른 속
도로 카페 출입구를 향해 뛰고 있었다. 오늘의 주인공이었다. 나
는 그와 불과 10미터 정도 거리를 두고 있었는데 일부러 아는 체
하지 않았다. 그는 나보다 더 급해 보였으니까. 쑥스러운 상황에
서 첫인사를 나누고 싶지 않았으니까. '아, 저 사람도 약속 시간을
굉장히 중요하게 생각하는 사람이구나' 생각하며 속도를 조금 줄
였다.

　카페에 도착해 인사를 나눴다. 영상도 찍기로 한 날이었는데
카페에 사람이 너무 많았다. 옆 테이블에서 자꾸만 곁눈질을 하
니 도대체 집중을 할 수가 없었다. 장소를 옮기자고 해 볼까 고민
했지만, 스태프가 많은 상황에서 새로운 장소를 찾기란 어려웠다.
녹음이나 잘되길 바라며 대화를 열어 갔다. 기자 출신 소설가는
인터뷰어의 고충을 아는 듯했다. "녹음은 잘되고 있죠?" 그는 산

만한 분위기를 전혀 아랑곳하지 않고 대화를 이어 나갔다.

인터뷰하며 감동하는 순간은 상대가 내 질문을 진심으로 경청할 때다. 다소 식상한 질문에도 최선을 다해 답하는 인터뷰이를 보면, 정말이지 더 잘 쓰고 싶다. 소설가는 사소한 질문 하나에도 허투루 답하지 않았다. 즉답이 어려운 질문에서는 "조금만 생각해 보고요"라며 시간을 달라고 했다. 혼잡하기 짝이 없는 카페에서 자신을 보는 시선이 여럿일 때, 이렇게 답하는 것은 결코 쉬운 일이 아니다. 열심히 그를 탐구하고 온 보람이 있었다.

회사로 복귀하는 중 그에게서 문자 메시지가 왔다. 자신이 한 대답 중 하나를 보충 설명하며 "오늘 인터뷰, 감사했습니다. 존중받는 기분이었어요"라고 했다. 뜻밖이면서 신기했다. 나도 인터뷰하며 존중받는 느낌이 들었기 때문이다. 내 질문에 이토록 성실하게 답해 준 사람은 실로 오랜만이었다.

나는 인간관계에 있어 '존중'을 가장 중요한 덕목으로 꼽는다. 사소한 일상에서든 일에서든 존중이 사라지면 마음이 괴롭다. 사람의 마음은 대단한 일이 벌어져야만 행복해지는 것이 아니다. 내가 누군가에게 존중받는다는 느낌이 들면, 아무리 피로한 일도 해낼 수 있다. 그래서 태도가 중요하다.

"중요한 것은 진심보다 태도." 2015년 봄, 『한창훈의 나는 왜 쓰는가』를 읽다 표지 앞날개에서 발견한 문장이다. 어떻게 진심보다 중요한 것이 있을 수 있느냐고 누군가 반문한다면 할 말이 많다. 그래서 이 책을 쓰기로 했다. 그동안 인터뷰하며 들었던 한마디, 책에서 발견한 문장을 모았다. 혼자 듣고 흘려버리긴 아까운 말들이었다.

언제나 사소한 것이 더 중요하다고 생각한다. 일상의 감각이 합해져 한 사람의 태도를 만들고 언어를 탄생시키니까. 누군가를 추억할 때 떠오르는 건 실력이 아니고 태도의 말들이었다. 구체적으로 말하고 구체적으로 표현하는 것이 얼마나 중요한 일인지 새삼 체험하고 있다. "말 안 해도 알지?", "내 진심 알잖아"라는 말은 더 이상 듣고 싶지도 하고 싶지도 않다. 우리는 서로의 진심을 모른다. 태도로 읽을 뿐이다. 존중받고 싶어서 나는 태도를 바꾸고, 존중하고 싶어서 그들의 태도를 읽는다. 문제는 존중이니까.

우리가 그 사람을 존경할 필요는 없다니까요.

작가 김이경

인터뷰하며 생긴 장점 중 하나가 사람 보는 눈이 썩 좋아진 일이다. 약속 시간에 한 시간 늦었지만 전혀 미안해하지 않는 사람도 보았고, 만나자마자 대뜸 질문지를 허락 없이 휙 가로채 가는 사람도 보았기 때문이다. 언제나 인터뷰이에게 기대하는 것은 단하나, 질문을 성실하게 듣고 답해 주는 일이다. 물론 사람이기에 기대치라는 것이 없을 수는 없다. 평소 호감을 갖고 있던 상대를 만날 때는 어김없이 기대 심리가 생긴다. 하지만 기대라는 건 모든 일에서 없으면 좋을 심리다.

『책 먹는 법』의 저자 김이경을 만났다. 한 시간쯤 대화하고 보니 그는 내 이야기를 곡해하지 않고 들어 줄 것 같았다. 나는 용기 내어 물었다. "뛰어난 작품을 읽고 나면 때때로 저자를 작품과 동일시하게 되잖아요. 그런데 정작 저자를 만나면 너무 실망스럽단 말이에요. 그럴 땐 어떻게 해야 하나요?"

김이경은 씩 웃으며 답했다. "우리가 그 사람을 존경할 필요는 없다니까요."

순간, 꿀밤 한 대를 맞은 기분이었다. 책을 읽은 것이지, 저자를 읽은 것이 아닌데 왜 책을 읽으며 존경할 대상을 찾았을까? 글은 사람을 비추는 거울이기도 하지만 오목경인 경우도 비일비재하지 않은가. 사람들은 때때로 작가의 맨 얼굴을 마주하며 당혹스러워한다. "글이랑 사람이 굉장히 다르시네요? 까칠하실 줄 알았는데 수더분하시네요", "달변가이실 줄 알았는데 수줍음이 많으시네요" 같은 말을 끝인사로 전한다.

글과 사람은 굉장히 닮아 있기도 하고 전혀 다르기도 하다. 책 한 권 읽고 저자의 모든 것을 알게 되었다고 착각하면 안 된다. 어쩌면 우리는 누군가의 책 쓰는 자아만 만났을지도 모른다.

성격은 생존 본능과 연결되어 있다.

정신과 전문의 김병수

지금까지 인터뷰하며 가장 기억에 남는 한마디를 꼽는다면, 정신과 전문의 김병수에게 들은 "성격은 생존 본능과 연결되어 있다"는 이야기다.

"성격이라는 게 대부분 생존에 이점이 있어서 발달된 것입니다. 40~50년을 한 성격으로 살아온 사람에게 성격을 바꾸라고 요구하는 건 정말 어려운 일이죠. 신중하고 말수가 적은 남편에게 '나를 사랑한다면 적극적으로 표현도 하고, 이전과 다른 행동을 보여 달라'고 하는 건 당신의 유전자를 바꾸라는 것과 다르지 않아요. 사람의 성격은 자신과 다른 사람을 행복하게 해 주는 방향으로 형성된 게 아니라, 그 사람의 생존에 가장 적합하게 구성되었습니다."

결혼 4년 차 되던 해에 진행한 인터뷰였다. 나와 남편은 판이하게 다른 성격을 가졌다. 나는 매우 솔직한 편이고 남편은 감정을 숨기는 편이다. 비슷한 점이라면 가치관과 취향 정도인데, 남편은 자신에게 없는 솔직하고 당찬 면이 좋아 내게 호감을 가졌다고 했다. 나는 남편의 배배 꼬여 있지 않은 투명한 성격, 상대의 좋은 점을 먼저 보려고 하는 너그러운 성격이 좋았다. 하지만 삶은 연애가 아니었다. 감정 표현이 뚜렷한 나에 비해 남편은 묵묵부답 세계의 일인자였다. 성격이 급한 나는 껄끄러운 상황을 견디지 못해 결론을 빨리 내고 싶어 하는 반면, 남편은 시간의 흐름대로 문제를 풀길 원했다. 종종 의사소통에서 답답함을 느꼈던 내게 "성격은 생존 본능과 연결되어 있다"는 말은 일종의 서늘한 구원이었다.

누군가와 소통이 되지 않아 답답할 때마다 종종 이 말을 떠올린다. 상대가 세상에서 살아남기 위해 갖게 된 성격을 두고 내가 너무 무리한 요구를 하는 건 아닌지, 상대에게 변화를 요구할 타당한 이유가 있는지, 곰곰 생각한다.

말하지 못하는 것들을 들을 수 있어야 한다.

사회학자 엄기호

나와 나이 차이가 퍽 나는 사회 선배들을 만났다. 조언을 듣고자 만남을 청했는데, 웬걸 그들이 내 이야기를 몹시 경청했다. 낯선 경험이었다. 나이가 들수록 말을 덜해야 한다는 생각을 자주 한다. 결정 권한이 있는 사람보다 일을 직접 실행하는 사람의 이야기를 더 들어야 한다고 여긴다. 내게 어떤 선택 권한이 있을 때, 나만 말하고 있지는 않은지 자주 따져 본다.

행간을 읽는 사람이 있다. 단어보다 쉼표를 눈여겨 읽는 사람이 있다. 말보다 표정을 먼저 읽으려는 사람이 있다. 말하지 못하는 걸 듣는 사람, 그들을 만날 때 나는 마음이 쾌청하다. 사회학자 엄기호는 "말하는 걸 듣는 건 수비만 하는 것"이라며 "고통은 침묵으로 표현될 때가 많기 때문에 말하지 못하는 것들을 들을 수 있어야 한다"고 말했다.

해가 갈수록 정신과, 심리상담소를 찾는 사람이 늘고 있다고 한다. 옆에 있는 사람이 내 말을 안 들어 주니 소셜네트워크서비스SNS 친구들에게만 속마음을 털어놓는 세상이다. 어쩌다 이렇게 됐을까. '말할 수 없는 고통을 듣는 감수성'은 과연 어떻게 만들 수 있나. 언젠가 화법 전문가에게 대화의 기술을 딱 하나만 알려 달라고 요청한 적이 있다. "잘 말하려고 하기 전에 그냥 들으세요. 그게 첫째입니다." 생각하고 또 생각해야 할 이야기로 들렸다.

내 삶을 지키는 것이 더 소중해요.

작가 유시민

왜 사소한 일에 더 분노하는가. 청천벽력 같은 일이 생기지 않아서일까 아니면 옹졸하기 때문일까. 나이가 들면 인내심이 많아질 줄 알았는데 웬걸, 매사 약속 시간을 어기고 합리적이지 않은 사람을 만나면 여전히 표정 관리가 안 된다. 나는 진심으로 화를 덜 내고 싶은데, 타인이 그저 습관적으로 흘린 말들을 며칠 동안 곱씹는다. 소화되지 않은 말들을 평생 기억한다.

논쟁을 피하지 않는 사람, 유독 악성 댓글 공격을 많이 받는 사람을 보면 궁금하다. 과도하게 비난받는 상황에 맞닥뜨릴 때는 어떻게 대처하는 것이 적절한가. 『표현의 기술』을 쓴 작가 유시민을 만나 물었다. "지나치게 비난을 받을 때, 어떻게 반응하세요?"

"악플을 보고 열이 받는 건 어쩔 수 없는 일이에요. 중요한 건 열 받음에 대처하는 나의 태도죠. 저 역시 한 저명인사가 끊임없이 악플을 달았을 때, 한번쯤 반격하고 싶은 유혹이 생겼어요. 하지만 이럴 때 바로 반응하면 안 돼요. 하루쯤 더 생각해 봐야죠. 그렇게 시간을 보내다 보면 '이걸 끝까지 기억하는 사람이 누가 있을까' 하는 생각이 들어요. 이런 문제에 매달리면 일상이 소모되니까요. 내 삶을 지키는 것이 더 소중해요."

며칠 전 전혀 친하지 않은 사람이 내 페이스북 게시 글을 읽고 반말로 댓글을 달았다. 비난, 비판은 아니었지만 영 기분이 좋지 않았다. 다른 곳에 가서도 혹시 이렇게 댓글을 쓰는 사람이지 않을까? 이 기분 나쁨이 전파되지 않도록 살짝 불쾌함을 표시했더니, 상대는 바로 사과한 후 곧장 나를 차단했다. 아, 열 받았다. 전혀 논쟁적이지 않은 글에 혼잣말을 써 놓고 사과와 동시에 차단하는 심리란 뭘까. 불쾌함이 최소 2박 3일은 갈 것 같다고 예감하는 순간, 나는 이 말을 떠올렸다. "중요한 건 열 받음에 대처하는 나의 태도." 소모적인 일에 마음을 주지 않으려고 애쓰는 중이다. "내 삶을 지키는 것이 더 소중"하니까.

부족해서 아픈 게 아니라 과해서 아파요.

배우 문숙

"풍요가 고통이 된다"고 말하는 사람을 만났다. 배우로 살다 화가로 살다 건강에 심각한 적신호가 찾아오자 묵언 영상 수련을 했던 배우 문숙. 그는 요가와 명상에 심취하게 되면서 음식의 중요성을 깨닫고 자연 치유식을 공부했다. 오래전 강원도 촬영장에서 인터뷰하는 내게 삶은 감자를 건넸던 문숙은 화장기 없는 얼굴에 편안한 옷차림이었다. 평소 작은 채소 도시락을 싸 들고 다니는 그는 속이 불편하면 해독 음료로 한 끼를 해결한다고 했다. 나는 "되도록 덜 먹자"고 말하는 사람과 인터뷰하면서 저녁 약속을 뷔페 식당으로 정한 일이 몹시 후회스러웠다.

좋아하던 샐러드 뷔페 식당이 있다. 무게를 재면서 먹는 식당. 뷔페를 먹으면서 음식 양을 신경 써야 하는 일이 못내 불편했지만, 식당 문을 나설 때 속은 편안했다. 뷔페 약속이 있는 날이면 아침부터 설렌다. 오랜만에 실컷 먹을 생각에 위를 비우고 또 비우지만 마음은 일찍부터 포만감을 느낀다. 하지만 막상 뷔페를 먹고 집에 돌아오면 내내 속이 불편하다. 평소보다 과한 식사량을 내 몸이 견디지 못했다는 증거다.

사람을 만날 때도 그렇다. 평소보다 많은 사람을 만나고 온 날, 너무 많이 말한 날에는 어김없이 마음이 더부룩하다. 적당히 말해도 될 것을, 적당히 만나도 될 것을 왜 이렇게 욕심부렸지? 소화가 덜 된 말들 때문에 속이 아팠다. 이제부터 사람도 말도 해독하고 싶다. 내가 가진 위의 크기가 10인데 15를 채우면서 살고 싶지 않다. 새로운 사람이 내게 말을 건넬 때, 틈이 있길 바란다.

인색하지 않은 사람을 좋아해요.

시인 김민정

인간적으로 궁금한 사람에게 종종 묻는 질문이 있다. 인터뷰어와 인터뷰이 사이가 아닌, 사람 대 사람으로서. 김민정 시인을 만났을 때, 유독 그런 질문을 쏟아냈다. 궁금했던 시인이기 전에 궁금했던 사람이기 때문이다. "어떤 사람을 좋아하나요?" 이 식상한 질문에 시인은 머뭇거림 없이 대답했다. "인색하지 않은 사람을 좋아해요. 그리고 인색한 사람을 싫어해요." 시인의 말이 지금까지 생각나는 건 나 역시 인색한 사람을 싫어하기 때문이다. 지나치게 감정 표현을 안 하는 사람, 주머니를 너무 안 여는 사람. 입과 주머니를 꾹 잠근 사람에게 다가가기란 영 마뜩잖다.

기억에 남는 후배가 있다. 특별히 가까운 관계는 아니었는데 갑자기 상담을 해 달라고 해서 퇴근 후에 만났다. 밥을 먹고 차를 마시고 헤어지려던 순간, 후배는 문화상품권을 불쑥 건넸다. "선배가 밥도 사고 차도 사 줄 것 같아서요. 제가 드릴 건 없고 그냥 받으세요." 이런 마음은 어디에서 배웠을까? 지금도 문화상품권을 볼 때마다 후배가 생각난다. 내겐 미역 후배, 참기름 후배가 있다. 미역을 닮은 후배, 참기름 냄새가 나는 후배가 아니라, 후배가 준 선물이 너무 인상적이어서 붙인 이름이다. 산후조리 잘하라며 고향에서 키운 기장미역을 보내 준 후배, 스쳐 지나가는 말을 기억하고선 명절 선물로 참기름을 슬쩍 책상 위에 올려놓은 후배. 그들을 좋아하는 이유는 인상적인 선물을 줬기 때문만이 아니다. 언제나 감정 표현에 있어서 인색하지 않기 때문이다.

때때로 누군가 인색하게 굴면 '내가 이 사람에겐 이 정도구나' 생각한다. 내가 먼저 마음을 열기 전에는 결코 '먼저'가 없는 사람과는 오래 인연을 이어 가기 어렵다. "나는 언제나 받아야 하는 위치"라고 생각하는 사람에게는 마음이 열리지 않는다.

작가는 출판사와 일하는 게 아니라 자기를
담당하는 편집자와 일하는 경우가 더 많아요.

만화가 윤태호

신학자이자 철학자 강남순은 『무엇이 우리를 인간이게 하는가』를 페이스북에 소개하며 글 말미에 이렇게 적었다. "이렇게 여러 저자의 글을 묶어 책을 내는 편집자들이야말로 '지적 아이의 출산'을 하는 분들이 아닌가 하는 생각이 든다. 책을 편집하신 강설애 선생님께 감사를 전한다." '지적 아이의 출산'이라는 표현에 눈이 반짝였고, 저자 여덟 명에게 글을 받고자 열심히 뛰었을 편집자의 노고를 알아주는 마음에 감동했다.

만화가 윤태호는 인터뷰에서 이런 이야기를 했다. "대부분의 경우 작가들은 한 출판사와 일하기 시작하면 그 출판사와 계속 일하고 싶어 해요. 그런데 출판사와 일하는 게 아니라 자기를 담당하는 편집자와 일하는 경우가 더 많아요. 그와의 신뢰 관계 때문에 일하는 경우도 많고, 편집자를 만족시키기 위해 작업하기도 하죠. 내 첫 번째 독자가 편집자니까, 그 사람을 감동시키는 게 첫 번째 목표가 될 수밖에 없어요." 인터뷰 내내 편집자 역할을 굉장히 중요하게 여겼던 윤태호는 자신의 아이디어를 여러 번 재고한 것도 편집자들이었다고, 그들과 함께 쓴 책이라고 강조했다.

마음산책 출판사 정은숙 대표는 "한 저자와 적어도 세 권 정도 출간 작업을 함께해야 저자와 출판사의 합이 독자에게 제대로 당도한다"고 말한다. "첫 책의 성과가 출판 시장에서 크든 작든, 두 번째 책, 세 번째 책에서 더욱 성과를 내거나 혹은 첫 책의 아쉬운 점을 반성하면서 밀고 나갈 수 있다"는 뜻이다.

드라마 작가가 한 배우와 연이어 작품을 함께할 때 시청자로서 퍽 반갑다. 둘의 합이 잘 맞았구나, 신뢰했구나 싶어 작품이 더 궁금해진다. 독자의 마음도 비슷하지 않을까?

만듦새는 좋은데 속이 부실한 경우는
거의 없어요.

출판인 정민영

페이스북, 인스타그램에 책 사진을 종종 올린다. 업무와 무관하게 독자로 읽었을 때 좋았던 책을 올린다. 물론 조건이 있다. 표지가 마음에 들어야 한다. 한동안 나의 인스타그램 프로필 문구는 '표지가 안 예쁘면 카메라가 작동 안 함'이었다. 디자이너 출신도 아니고 미술을 전공하지도 않았지만, 나는 표지에 민감하다. 좋은 음식을 좋은 그릇에 담듯, 좋은 글도 좋은 장정으로 묶으면 더 빛이 나기 마련이다.

예술서 전문 출판사 아트북스의 정민영 대표를 만난 적이 있다. 그는 저서 『편집자를 위한 북디자인』에서 "좋은 책은 좋아 보이는 책에 있을 가능성이 크다"고 했다. 책도 사람과 마찬가지라서 책의 인상, 즉 디자인을 통해 호감을 얻어야 내부로 들어갈 수 있다는 이야기였다. 정민영은 "홍보비를 제작비에 조금 더 들인다고 생각한다"며, "단가 때문에 컬러로 찍으면 더 좋을 책을 흑백으로 찍지는 않는다"고 했다. 2쇄를 찍기도 어려운 책이 수두룩한데, 제작 단가를 올리는 일은 쉬운 일이 아니지 않나? 그는 "책의 질을 높이고 그것이 알려지면, 곧 홍보"라고 답했다. 광고를 하거나 홍보를 해야만 마케팅이 아니다. 책 자체로 홍보가 될 수 있도록 만드는 것. 이것이 출판인들이 해야 하는 일이 아닐까.

목수 김윤관이 쓴 『아무튼, 서재』를 읽으며 밑줄 친 문장이 있다. "책을 사랑한다면서 책장을 소홀히 대하는 것을 나는 선뜻 이해하기 어렵다." 나는 책을 사랑한다면서 표지를 소홀하게 만드는 것을 선뜻 이해하기 어렵다. 내가 출판인이라면 한번 읽었지만 절대 팔 수 없는 그런 책을 만들어 누군가의 책장 속에서 오래 살아남게 하고 싶다.

착하면 만만해 보였는데 그게 아니라는 걸
이제는 알아요.

소설가 장강명

싹수 보이는 후배가 고민 상담을 요청했다. "선배, 저 도저히 거절을 못하겠는데 어떡하죠? 모든 부탁을 꼭 들어주지 않아도 될 텐데, 거절이 너무 힘들어요." 5년 남짓 본 후배는 언제나 자신보다 주변을 먼저 살핀다. 타인에게 맞춰 주는 편이 가장 편하다는 후배를 붙잡고 "제발 너 먼저 챙길 순 없냐"고 타박하기도 했는데, 이젠 생각이 달라졌다. 후배는 앞뒤가 다르지 않은, 호박씨를 절대 까지 않는 착함이 빛을 발하는 사람이기 때문이다. 누구라도 후배 앞에서는 편하게 마음을 털어놓는다. 이것은 후배의 장점이지 결코 단점이 아니다.

광고인의 롤 모델이었던 최인아책방의 대표 최인아는 광고계를 떠나며 한 인터뷰에서 "만만한 사람이 되지 못한 점이 아쉬워요. 편하고 함께 일하고 싶은 동료가 되는 게 중요해요"라고 했다. 치열한 정글에서는 하이에나가 돼야 할 것 같은데, 오랜 직장 생활 끝에 남긴 그의 말이 내겐 의외였다.

간혹 고독하게 일하는 사람을 본다. 나름 승승장구, 초고속 승진을 기록하고 있지만 그와 일하고 싶은 사람은 단 한 명도 없다. 과연 이 사람은 오래갈 수 있을까? 업무 외적인 대화라곤 결코 나눌 수 없는 상대와 과연 오랫동안 함께 일할 수 있을까? 그 앞에서는 어떤 말을 해도 칼바람만 부는데?

소설가 장강명은 『5년 만에 신혼여행』에서 "친절한 사람을 우습게 여기고 허세만 잔뜩 부렸다"고 고백했다. 이 문장이 너무 인상적이라 인터뷰하며 언급했더니, 그는 이렇게 말했다. "기자 초년생 때도 포함되지만, 고등학생, 대학생 때도 착한 아이들을 되게 우습게 봤던 것 같아요. 착하면 만만해 보였는데 그게 아니라는 걸 이제는 알아요."

그렇다. 나도 이제는 안다. 우스운 건 허세 가득한 쌀쌀맞은 사람이라는 것을.

다만 편지 같은 글을 쓰려고 노력해요.

시인 박준

목요일마다 두 사람에게서 메일을 받는다. 원고를 받는 업무 메일이지만 나는 편지 한 통을 받는 기분이다. 언제나 안부를 먼저 묻고 자신의 근황을 짧게나마 전하는 메일을 읽다 보면 잠깐 동안 일하는 기분에서 벗어난다. 차가운 모니터 화면이 편지지로 보인다.

'어떤 글을 써야 할까'에 관해 자주 생각한다. 좋은 글은 쏟아지지만 좋은 마음으로 이끄는 글은 흔치 않다. 공격적인 글, 비난하는 글이 차고 넘치는 세상에서 좋은 글은 무얼까. 착한 마음을 드러내는 글일까? 독자의 진심을 알아 주는 글일까? 박준의 산문집 『운다고 달라지는 일은 아무것도 없겠지만』을 읽다가, 이런 글이 좋은 글이구나 싶었다. 시인은 "살아가면서 편지를 많이 받고 싶다"며, "편지는 분노와 미움보다는 애정과 배려에 더 가까운 것이기 때문이다. 편지를 받는 일은 사랑받는 일이고 편지를 쓰는 일은 사랑하는 일"이라고 썼다.

'편지 같은 글'은 뭘까. 4년 전쯤 박준 시인과 업무상 주고받았던 메일이 떠올랐다. '아, 정말 시인이구나' 싶었던 메일. 나는 그것이 시인의 성격이라고만 짐작했는데, 지금 생각하니 '편지 같은 글'이었다. 그리고 어제, 다른 일로 그와 다시 만났는데 며칠 뒤 문자가 왔다. 살뜰한 안부와 정확한 인사가 담긴 문자는 편지 한 통 같았다.

'편지 같은 글'을 생각해 본다. 내가 하고 싶은 말만 쓰는 게 아닌 상대를 배려한 문장. 업무 때문에 메일을 쓰더라도 안부 한 줄 정도는 물을 수 있는 일 아닌가. 문장 뒤에 있는 마음을 짐작해 보려고 애쓴다. "타인에게 별생각 없이 건넨 말이 내가 그들에게 남긴 유언이 될 수 있다고 믿는" 박준 시인의 마음을 닮고 싶다.

뮤지션에게는 어느 정도 자뻑이 필요해요.

가수 이적

2016년 8월, 한 출판사 편집자가 보낸 자필 편지에 감동을 받고 출간 계약서를 썼다(계약은 연애로만 끝났지만). 칼 마감을 중요하게 여기기에 금방 쓸 줄 알았다. 하지만 웬걸, '직장맘'이라는 처지는 핑계였고, 독자들이 재미있어 할 소재만 찾고 있을 뿐 마음 깊은 곳에서 느껴지는 기꺼움이 없었다. 왜 이렇게 안 써지지? 그냥 책을 한번 내고 싶었을 뿐인가? 자기 비판만 반복했다. 좋은 책을 읽으면 읽을수록 나는 책을 쓰면 안 되는 사람 같았다.

내가 품고 있는 글의 원칙은 평범하고 투박하다. "새롭거나 재미있거나 유용하거나." 세 가지 중 최소 하나는 갖고 있어야 하는데, 자신이 없었다. 편집자는 내게 사적인 이야기를 많이 써도 좋다고 했지만 독자가 공감을 느낄 지점이 적을 것 같았다. 나는 어쩌다 계약이란 걸 해서 이렇게 스트레스를 받고 있나. 어쩌지, 어쩌지 애간장만 태우다 마음을 달리 먹었다.

'새롭거나 재미있거나 유용하거나' 중에 딱 하나만 생각하자. 자연스럽게 나오는 글을 묶자. 조금은 뻔뻔해지자. 나와 똑같은 생각을 하는 사람은 세상에 존재하지 않으니까, 내 글은 새로울 수 있다.

가수 이적은 인터뷰에서 말했다. "뮤지션에게는 어느 정도 자뻑이 필요해요. 오래가는 뮤지션을 보면 자뻑이 있죠. 지나친 자기 객관화는 좋지 않아요." '주제 파악'이 취미인 내게 퍽 신선한 이야기였다. 나는 마음을 고쳐먹기로 했다. 저자도 자뻑이 좀 있으면 어떤가. 자뻑 없이 에세이를 낼 수도 있단 말인가! 책과 음악이 크게 다를 건 뭐람? 인터뷰이의 말을 이렇게 오랫동안 마음에 품는 사람, 나 이외에는 못 봤는데? 내가 가진 모든 자뻑 기질을 총동원해 꾸역꾸역 책상 앞에 앉기로 했다. 소수의 유의미한 독자를 상상하며.

시간이 지나도 내 마음이 편한 쪽을 선택해요.

출판인 김규항

48시간 법칙을 만들었다. 순간 기분이 상하더라도 일단 참고 본다. 메시지를 주고받다가 황당한 말을 들어도 우선 좀 참는다. 메일을 쓰다가 전송을 누르기 전에 다시 한번 생각한다. 나의 이 기분 나쁨을 즉각적으로 전달하는 것이 나은가 따져 본다. 24시간이 지나고도 마음속이 부글부글 끓는다면, 또 24시간을 참는다. 이틀이 지나면 생각이 달라질 때가 많다.

"인생에서 선택을 해야 하는 순간이 오잖아요. 선택의 기준이 있다면 무엇인가요?"

인터뷰하며 종종 묻는 질문이다. 상대가 어떤 가치를 가장 중요하게 생각하는지 궁금하기 때문이다. 어린이 교양지 『고래가 그랬어』의 발행인이자 『김규항의 좌판』의 저자 김규항은 "시간이 지나도 내 마음이 편한 쪽을 선택해요"라고 말했다. 나는 '시간이 지나도'에 방점을 찍었다. '후회할 일은 안 하는 게 낫다. 안 할 수만 있다면'이 내 오랜 신조다. 입이 간지럽고 속에서 울분이 차오를지언정, 내일 후회할 것 같은 선택은 하지 않으려고 한다.

얼마 전, 황당한 발언을 들었다. 나에게 서운할 일이 아닌데 서운하다며 다짜고짜 자기 감정을 폭포수처럼 쏟아 놓은 사람이 있었다. 100퍼센트 황당한 상황이라서 나는 메일 창을 열어 이렇게 썼다. "이거 굉장히 예의 없으신 거예요. 저에게 이렇게 하실 이야기가 전혀 아니에요." 그리고 10초 정도 생각했다. 보낼까, 말까. 결국 지웠다. 아무래도 말해 놓고 내 마음이 불편할 것 같아서 참았다. 두 시간 후쯤 상대방은 정중하게 사과했고 나는 기꺼이 사과를 받았다. 세상은 자꾸 "참지 마, 이야기해, 솔직해져"라고 옆구리를 쿡쿡 찌른다. 말하지 않고 참으면 내가 바보가 되는 것 같다. 이럴 때마다 나는 생각한다. "시간이 지나도 내 마음이 편한 쪽."

고맙다는 표현을 자주 해라.
바로 사과하라.

가수 한대수

잡지사에서 일하는 후배에게 전화가 왔다. "기껏 공들여 써 줬더니 다 고쳐서 보내 주네요." 상황을 살펴보니, 후배와 인터뷰를 한 저자가 자기 마음대로 원고를 대폭 수정해서 보내왔단다. "자기 글이 소중하면 남의 글도 소중한데. 이럴 거면 서면으로 할 것이지 왜 대면 인터뷰를 했담? 입말로 푼 기사를 문어체로 바꾸면 인터뷰가 맛이 나나? 잘못된 정보가 있으면 그것만 고쳐야지. 녹취를 푼 사람의 노동은 어쩌라고?" 내가 더 역성을 내자 후배는 이내 차분해져서 "뭐, 두 번은 안 만나도 되겠죠"라고 말했다.

　받는 사람 이름만 바꿔서 똑같은 내용의 메일을 보낼 때가 있다. 누구는 반가워하고 누구는 형식적으로 반응하고 누구는 무시한다. 물론 입장과 관계가 모두 다르기 때문이지만 기본 매너가 장착된 사람은 꼭 있다. 업무 내용으로 가득 찬 메일 함에서도 그의 메일은 빛이 난다.

　가수 한대수는 『바람아, 불어라』에서 '성공의 길'로 네 가지를 꼽았다. 첫째, 약속을 지켜라. 둘째, 고맙다는 표현을 자주 해라. 셋째, 바로 사과하라. 넷째, 유머 감각을 가져라. '이보다 더 상투적일 수는 없겠군' 생각했는데, 곱씹을수록 정답이었다. 특히 내가 밑줄 친 문장은 "고맙다는 표현을 자주 해라"였다. 똑같이 대해도 "고맙다"고 말하는 사람이 있고, 입을 싹 닫는 사람이 있다. 내게 좋은 일이 생기면 먼저 떠오르는 사람은 물론, 전자다. 인사의 중요성을 강조하면 이렇게 대구하는 사람이 있다. "원래 표현을 잘 못하는 성격이에요. 말 안 해도 알죠? 알아줘야 사람이죠." 나는 마음속으로 대구한다. "가족도 몰라요. 하기 싫으면 하지 마시고요. 대신 기대하지도 서운해하지도 마세요. 성공할 생각도요."

아이를 키운다는 건 기쁜 건 더 기쁘고
슬픈 건 더 슬퍼지는 일.

소설가 이기호

014

잡지 기자로 일하던 시절, 아직도 기억에 남는 장면이 있다. 다섯 개 여성지 기자들과 영화배우 인터뷰를 진행했는데, 기자 한 명이 세 살짜리 아이를 데리고 왔다. 아이를 돌봐 줄 친정엄마와 함께. 프리랜서였던 것 같다. 일찌감치 카페에 도착했던 그는 배우들이 오자, 카페 구석 테이블에 아이와 친정엄마를 앉히고 인터뷰를 하는 테이블로 왔다. 미혼이었던 나는 인터뷰 내내 생각했다. '몇 년 후 나의 모습인가?' 나라면 신경이 쓰여서 아이를 데리고 오진 않았을 것 같은데, 참으로 용감한 사람이라고 여겼다.

그런데 요즘 내가 종종 낯설다. 상대가 묻지도 않은 말을 줄줄 터놓지 않나, '여섯 살 아이 엄마'라는 소개를 굳이 먼저 하질 않나. 날이 갈수록 넓어지는 나의 오지랖과 주책이 겸연쩍다가도 "그럼 뭐 어때" 홀홀 털어 버린다. 인터뷰이가 부모인 경우에 꼭 던지게 되는 질문이 하나 있다. "부모가 되어 달라진 점은 무엇인가요? 힘들지만 장점을 하나 꼽는다면요?" 이 질문에 가장 인상적인 답변을 한 사람은 아이 셋을 키우는 아빠, 소설가 이기호다.

"간단하게 말해 아이를 키운다는 건 기쁜 건 더 기쁘고 슬픈 건 더 슬퍼지는 일 같아요. 감정의 폭이 넓어지고 알지 못했던 감정의 선까지 보게 되죠. 감정선이 깊어지다 보니 타인의 삶과 감정에 공감하는 폭이 넓어지고요."

"더 기쁘고 더 슬퍼지는 일." 내가 오래 기억할 말이라는 확신이 들었다. 나 역시 엄마가 된 후 누군가의 삶이 그저 먼 타인의 삶으로만 여겨지지 않는다. 공감의 진폭이 배 이상 커졌다. 『처음부터 엄마는 아니었어』를 쓴 라디오 프로듀서PD 장수연은 말했다. "아이를 낳아야 어른이 되는 것이 아니라, 어른이 될 기회가 더 많이 열린다." 나에게도 어른이 될 기회가 점점 많아지고 있다. 이 상황이 꽤 반갑고 고맙다.

내 실력이 끊임없이 성장하고 있다고 느끼면
불안하지 않습니다.

문화심리학자 김정운

『가끔은 격하게 외로워야 한다』를 쓴 문화심리학자 김정운을 인터뷰한 적이 있다. 그가 안정적인 교수직을 버리고 4년간 일본 유학을 다녀온 뒤 쓴 책. "불안하면 숲이 안 보인다.", "남에 의해 바뀌면 참 힘들다.", "행복한 사람일수록 사소한 리추얼이 많다." 곱씹을 문장이 많아 자연스레 인터뷰에 대한 기대감도 커졌다. 기사 제목으로 뽑을 수 있는 문장을 기대하며 인터뷰를 시작했고 이윽고 문장 하나가 내 마음에 쏙 들어왔다.

"주체적인 삶을 한마디로 요약하면, 내 관심사를 끊임없이 공부하는 일이죠. 내가 좋아하는 것을 분명히 알고, 끊임없이 좋아하는 걸 공부하고 있으면 불안하지 않아요. 내 실력이 끊임없이 성장하고 있다고 느끼면 불안하지 않습니다."

당시 나는 불안했던가? 출산 후 여섯 달을 쉬고 복직한 지 여섯 달이 지났을 때, 혼자만의 시간을 보내는 건 고작 출퇴근 시간이 전부인 시기였다. '왜 엄마가 되기 전에는 이런 생각을 못했을까, 왜 사람들을 더 성의껏 대하지 못했을까, 왜 일에 더 욕심내지 않았을까' 모든 게 아쉬웠을 때, 그의 한마디는 내게 확신을 줬다. 하고 싶은 일이 끊임없이 떠오르고 있으니, 1퍼센트라도 성장하는 느낌이 있으니, 지금의 나는 괜찮지 않은가? 불안해하지 않아도 되는 것 아닌가? 지금도 불안이 슬금슬금 밀려올 때면 나의 성장 곡선을 따져 본다.

할 수 있는 한 의미 있는 일을 하면서.

기자 최윤필

나는 주제 파악이 취미다. 책 한 권의 주제를 파악하는 일도 좋아하지만 내 주제를 파악하는 일도 좋다. 과한 욕심을 부리지 않고 내가 비교적 잘할 수 있는 일, 내가 좋아하는 일을 우선으로 하고 싶다. 나는 주목받는 일을 크게 즐기지 않는다. 진심을 잘 아는 사람 몇 명만 나를 응원해 준다면 그것으로 족하다. 고로 내 취미이자 특기는 '주제 파악'이다. 일찌감치 내겐 스타 기질이 전무하다는 사실을 깨달았다. 무대에 서는 것보다는 뒷받침해 주는 일을 잘하고 좋아한다. 좀 더 많은 사람에게 좋은 사람을 정확하게 소개하고 싶은 마음이 크다. 그래서 인터뷰를 좋아하는지도 모른다.

『한국일보』 기자이자 부고 기사를 엮은 책 『가만한 당신』의 저자 최윤필과의 인터뷰는 무척 특별한 기억으로 남아 있다. 그는 출판사를 배려해서 인터뷰 자리에 나오긴 했지만, 저자로서 인터뷰당하는 상황을 진심으로 곤혹스러워했다. "근사해 보이는 사람들을 찾아서 '이런 사람들 있어요'라고 기사를 썼을 뿐, 근사한 이야기를 전달한다고 기자가 근사한 건 아니"라고 말한 그는 자신을 두고 "에너지가 많지 않고 능력도 뻔한 사람"이라고 평했다. 다만 "할 수 있는 한 의미 있는 일을 하면서 살기를, 삶이 지금보단 조금 더 편하고 즐겁기를, 좋아하는 사람들과 맛있는 걸 더 자주 먹을 수 있기를" 바란다고 말했다.

누군가의 이야기에서 내가 꿈꾸는 삶의 모습이 그려져 몹시 반가웠다. 나 역시 할 수 있는 한 의미 있는 일을 하면서, 조금 더 즐겁게 살길 바란다. 스스로를 과대평가하지 않고, 뜨겁지 않게 은근하게, 꺼드럭거리지 않으면서 살고 싶다.

행복은 장소가 만들어 주지 않습니다.

소설가 강병융

슬로베니아에 사는 소설가 강병융의 에세이를 읽었다. 제목부터 마음을 흔든 『사랑해도 너무 사랑해』. 한때 기러기 아빠였던 작가는 딸 태희에게 미안한 마음이 많다. 자신의 직업 때문에 생경한 타국에서 낯선 언어를 배워야 했으니까. 하지만 다행히도 그들에게 슬로베니아는 꽤 좋은 타국이었다. 딸이 다니는 슬로베니아 공립학교에 만족하고 있다는 그에게 물었다. "딸이 한국에서 학교를 다녔으면 어땠을 것 같나요?" 예상 답변이 있었지만("힘들었겠죠. 숙제도 많고 놀이터에서 놀 친구도 없고, 학원도 여러 개 다녀야 했을 테고요") 반전의 답이 돌아왔다.

"행복하게 잘 지냈을 것 같습니다. 행복은 장소가 만들어 주지 않습니다. 본인이 만드는 것이죠. 조금 더 스트레스를 받고, 조금 더 많이 공부를 해야 했을 테고, 어쩌면 조금 더 학원비가 들었을지도 모르지만, 그래도 행복했을 겁니다. 그 안에서 행복한 사람이 되는 방법을 찾았을 겁니다. 저는 딸에게 그런 믿음이 늘 있습니다."

"행복은 장소가 만들어 주지 않습니다." 정답이었다. 한국에 있다고 슬로베니아에 있다고 행복한 게 아니었다. 같은 장소에 있다고 모두가 행복하지 않은 것처럼. 행복은 자신이 만든다는 말. 이보다 더 확실한 표현이 있을까. 행복은 잘 누리는 사람이 승자다.

내 아들에게 가장 바라는 바는 '행복을 잘 느끼고 누리는 사람'으로 크는 일이다. 낙관적인 비관론자가 되어도 좋겠지만 되도록 긍정적인, 자신의 감정을 잘 느끼는 사람이 되었으면 한다. 기질은 타고나는 것이라지만 나는 의지의 쓸모, 생각의 에너지를 믿는다.

속이 든든해지고 싶으면 말을 참아야 한다.

시인 박연준

라디오를 듣다 깜짝 놀랐다. 진행자 세 명이 출연하는 프로그램이었는데 서로 말을 많이 하고 싶어서 안달이 난 것 같았다. 나는 말 욕심이 과한 사람을 보면 서둘러 귀를 닫는다. 겹쳐지는 말의 불협화음이 몹시 거북하다. 말과 말 사이의 정적은 때때로 서로를 향한 배려일 수 있는데, 왜 우리는 말 사이에 쉼을 두는 대화를 하지 않으려고 할까.

말을 많이 한 날에는 하루 종일 마음이 불편하다. 혹여 내가 지나친 과장을 하지 않았는지, 상대를 배려하겠다는 일념으로 상대를 거북하게 하진 않았는지 따져 보게 된다. 말을 지나치게 많이 한 날에는 반성의 의미로 책을 더 열심히 보기로 했다. 책을 읽는 것도 누군가의 이야기를 듣는 행위니까. 잠시 말하고 싶은 욕구를 차단하고, 타인의 말에 귀를 기울였다. 오늘 선택한 책은 박연준 시인의 독서 일기였다.

"말하고 나면 이미 무언가 '벌어진' 일 사이에서, 저울 위에 올라가 평가받아야 한다. 내 말이 적절한지 그렇지 않은지, 거짓인지 참인지, 내 말과 일어난 일(사실) 사이에서 무참히 흔들려야 한다. 말을 많이 하지 않으면, 그득해진다. 할 수 있는 것도 할 수 없는 것도, 하지 않아도 되는 것조차 많아진다. 그러니 속이 든든해지고 싶으면 말을 참아야 한다."

200여 개의 글자를 옮겨 적으면서 나는 생각했다. 마음을 든든하게 하는 건 정적 없이 쏟아지는 수다가 아니라 매우 적은 글자로 완성한 몇 개의 문장이구나, 책이구나. "말을 많이 하지 않으면, 그득해진다"는 시인의 말을 저장하며 아늑하고 고요한 일상을 꿈꾼다. 안온한 삶은 충만한 삶에 가깝다.

거절이라는 선택지가 존재하지 않는 부탁을
하는 사람이 되고 싶다.

번역가 노승영

019

문학 잡지 『악스트』를 읽다가 소설 한 편이 아닌, 편집 후기에 밑줄을 그었다. 왠지 내 마음을 들킨 것 같았다. "거절이라는 선택지가 존재하지 않는 부탁을 하는 사람"이 되는 건 내 오랜 소망이다. 나는 거절당하는 일을 힘들어 하진 않지만, 민폐가 되고 싶지 않은 욕망이 큰 사람이다. 상대에게도 득이 되는 제안을 하고 싶다. 하나 그렇지 않은 상황이 종종 발생한다. 이를테면 기사를 쓰기 위해 누군가의 코멘트를 따야 하는 상황, 고료 없는 리뷰를 청탁해야 하는 경우, 적은 출연료로 팟캐스트 출연을 요청해야 하는 경우 등이다. 글 값이 안 올라 힘들어하는 필자들을 만날 때면 나는 한없이 작아진다. 왜 기업은 거대 기업에만 후한 것일까. 왜 개인의 형편은 조금도 살펴보지 않는지 화가 난다.

"5만 원이 더 필요해서가 아니야. 내 글 값을 이 정도로 쳐 주는구나. 이런 마음 때문에 더 받고 싶어. 사람이 그렇잖아. 인정해 주면 더 잘하고 싶은 마음. 나를 필요로 한다면 합리적인 제안을 주는 것이 좋지. 그래야 거절하지 않을 수 있고." 의학 기자로 활동하다 지금은 프리랜서가 된 선배가 한 말이다.

삶은 어쩌면 끝없는 선택과 거절이다. 거절당하고 싶은 사람이 아무도 없듯, 거절하고 싶은 사람도 사실 없다. 서로에게 흡족한 부탁만을 주고받는다면 얼마나 행복한 일일까. 그러나 인생은 결코 수락만을, 거절만을 하게 하지 않는다.

존재감이 전무했을 때, 내 손을 잡아 준 사람을 기억한다. 자신에게 이로울 일이 없는데 제안자가 나라서 나의 형편을 알고 청을 들어준 사람들이 있다. 기억한다고 달라지는 일은 아무것도 없지 않다. 나는 한 사람 한 사람과의 인연을 오래 기억하는 특기를 가졌고, 응답하는 삶을 살고 싶다. 거절이라는 선택지가 존재하지 않는 부탁을 많이 하면서 살고 싶다.

성가신 일을 기꺼이 잘해 주고 싶게 만드는 이가 있고, 마땅히 해야 할 일을 억지로 하게 만드는 이가 있다. 협업자를 존중하는 사람과 그저 부려 먹으려는 사람의 차이 아닐까?

그래픽 디자이너 이기준

"잘됐으면 좋겠어요." 팟캐스트에서 이제 막 데뷔한 소설가 P를 두고 편집자, 진행자, 청취자가 입을 모았다. P는 어떤 사람이길래 이렇게 주변인의 사랑을 받고 있을까. P가 나온 방송을 꼼꼼히 들어 봤다. 첫째, 겸손했다. 겸손한 척이 아니라 실제로 겸손했다. 둘째, 고마워했다. 작은 호의에도 고마움을 잘 표현했다. 셋째, 상대의 이야기를 진심으로 경청했다. 참으로 평범한 태도일 수 있는데, 세 가지를 겸비한 사람은 실로 오랜만이었다.

좋아하는 동료가 있다. 서로 신뢰를 느끼고 좋은 관계를 유지하고자 노력한다. 속내를 터놓고 말하는 사이지만 언제나 예의를 갖추고 대한다. 각자가 갖고 있는 호의를 알기에 실망스러운 행동을 하지 않으려고 한다. 우리는 약속을 잘 지키는 편이고, 가까운 관계가 되었음에도 선을 넘는 대화를 하지 않는다. 나는 그의 청을 들어주고자 애쓰고 그 역시 내 부탁을 긍정적으로 받는다.

드라마를 보거나 책을 읽을 때, 악역이 없는 드라마, 악역이 없는 작품을 만나면 유독 반갑다. 악인이 아니고 '악역'. 누구도 언제나 악인이거나 선인일 수만은 없기에 오로지 악역만 하고 무대를 떠나는 조연을 마주하면 마음이 불편하다. 반대로 좋은 삶을 살고 싶게 하는, 어떠한 의지를 샘솟게 만드는 작품 속 인물이 있다. 형편이 썩 좋지 않아도 주어진 상황에서 최선의 선택을 하는 사람, 자기만 생각하지 않는 사람, 어떠한 순간에도 일말의 긍정을 놓지 않는 사람이다.

좋은 태도를 가진 사람은 타인에게 영감을 준다. 그들과 대화를 나누고 있으면 덩달아 좋은 사람이 되고 싶고, 잘 살아 보고 싶은 의지가 생긴다. 드러내려고 노력하지 않아도 빛이 나는 사람들이 있다. 순간 반짝이고 사라지는 빛이 아닌 뭉근하고 꾸준한 빛을 만들어 내는 사람들. 물론 그런 빛은 볼 줄 아는 사람에게만 보인다.

정말 즐거운 노동을 한다면
자유로부터 멀어지지는 않겠죠.

소설가 김훈

친구가 심각한 목소리로 전화를 걸어왔다. 오랫동안 유학 생활을 하다 최근 취업에 성공한 친구는 일할수록 자기 능력의 부족을 깨닫는다고 했다. 언제나 자신감이 넘치던 친구였기에 어떤 위로를 건넬지 망설여졌다. 친구는 물었다. "너는 어떻게 십 년 넘게 직장인으로 살고 있어? 일이 적성에 맞아?"

'적성'은 고등학생 때 열심히 했던 '적성검사' 이후, 거의 들어본 적 없는 말. 나는 과연 직장 생활이 적성에 맞는 사람일까. 나는 안정성을 추구하는 사람이라 뭔가에 미치지 못한다. 하고 싶은 일 몇 개만 딱 완벽하게 하고 싶어 하는 성향. 다만 내가 싫어하는 일과 좋아하는 일의 비중이 어느 정도 균형을 이루면, 작은 것은 타협한다. 소설가 김훈은 인터뷰에서 "우리가 정말 즐거운 노동을 한다면 자유로부터 멀어지지는 않겠죠"라고 말했다. "부지런을 떨수록 나는 점점 더 나로부터 멀어져서, 낯선 사물이 되어 간다. 일은 내 몸을 나로부터 분리시킨다"는 김훈의 문장을 친구에게 전하며 "나를 너무 소외시키는, 너무 속이는 일을 하면 괴롭잖아. 그래서 나를 따돌리지 말아야겠다, 내 감정을 너무 모른 체하지 말고 살아야겠다고 생각하는 중"이라고 말을 보탰다.

친구는 책을 한 권 추천해 달라고 했다. 직장 생활의 노하우를 담은 책은 많지만, 웬일인지 그런 책은 소개하고 싶지 않았다. 친구가 스스로를 잘 알아보는 시간을 가졌으면 좋겠다고 생각했다. 그래서 떠오른 책이 김소연의 『한 글자 사전』. 시인이 책날개 프로필에 쓴 문장 "심심함이 윤기 나는 고독이 되어 갈 때 나는 씩씩해진다"를 사진으로 찍어 보내며, 친구가 심심해져서 씩씩해지고, 스스로를 소외시키지 않길 바랐다.

한 사람이 한 시기에 도달할 수 있는
수준이라는 건 정해져 있기 때문에 오래
고친다고 해도 나아지지 않아요.

소설가 김영하

출판계에서 오래 일한 선배를 만났다. 인내력이 강한 선배는 한국을 대표하는 작가들과 오래 작업했는데, 한번도 내 앞에서 저자 뒷담화를 한 적이 없다. 어느 날 궁금함을 참지 못하고 선배에게 넌지시 물었다. "매번 마감을 안 지키는 저자를 어떻게 생각하세요? 여기서 중요한 단어는 '매번'이에요." 선배는 "문제는 성격"이라고 했다. 오래 붙들고 있어서 좋은 경우도 있지만 생각보다 나아지지 않은 경우가 더 많다고 했다.

써 본 사람들은 안다고 한다. 써지지 않는 글을 붙들고 책상 앞에 앉아 있는 일이 얼마나 곤욕인지. 문장 하나도 쓸 수 없을 때, 휴대폰을 끄고 잠적하는 작가도 많다. 소설가를 인터뷰할 때, 자주 마감에 관해 묻는다. (단행본이 아닌 신문이나 잡지 연재의 경우) 대개는 잘 지키지 못한다고 부끄러워했고, 작가 몇 명은 한 번도 어긴 일이 없다고 했다. 소설가 김영하도 그중 한 명이다.

"예전에 학생들을 가르칠 때, 과제를 세 번 늦으면 무조건 F학점을 줬어요. 왜냐하면 소설을 잘 쓰는 건 가르쳐 줄 수 없지만 마감을 지키는 건 가르칠 수 있기 때문이에요. 세상에 나가면 제때 원고를 쓰는 게 얼마나 중요한지 알게 될 텐데, 천재라면 F를 받아도 상관없지만 그렇지 않다면 마감이라도 잘 지켜야죠. 학생 중에 숙제를 완성하지 않고 넘기려는 사람이 있는데, 한 사람이 한 시기에 도달할 수 있는 수준이라는 건 정해져 있기 때문에 오래 고친다고 해도 나아지지 않아요. 저 스스로도 그렇게 생각하고요. 그래서 때가 되면 원고를 보내요. 내 능력의 70, 80퍼센트를 써야 한다, 그런 철학을 갖고 있어요."

이 답에서 나는 하나를 더 보태고 싶다. "내가 마감을 안 지키면 누군가가 피해를 보잖아요? 약속은 지켜야죠. 책도 잡지도 신문도 혼자 만드는 작업이 아니니까요."

좋은 사람을 알아보고 좋은 사이가 되면 점점 더
좋은 사람들을 만나고 생활이 풍성해진다.

작가 이보현

예쁜 책 하나 선물 받고 습관처럼 저자 소개를 읽었다. 프로필 치고는 꽤 긴 글에서 내 눈에 꽂힌 문장 하나. "좋은 사람들을 알아보는 기술, 기꺼이 폐를 끼치는 기술을 발휘하며 전국을 돌아다니며 살았다." 좋은 사람을 알아보는 것이 '기술'이었나? 폐를 끼치는 것이 '기술'이라고? 맹랑한 기운이 철철 넘치는 이 문장에 반해 『안 부르고 혼자 고침』의 저자 이보현에게 청탁 메일을 썼다. "당신의 '좋은 사람을 발견하는 기술'을 알려 주세요."

작가는 "한눈에 좋은 사람을 알아보는 초능력이 있다 말하고 싶지만 사실 그렇지는 않다. 대신 여러 번 보면서 좋아하는 마음을 전하고 좋은 사이가 되려고 노력한다"며, "좋은 사람을 알아보고 좋은 사이가 되면 점점 더 좋은 사람들을 만나고 생활이 풍성해진다. 사실 내가 좋은 사람이 되어야 좋은 사람을 만나게 된다"라고 썼다.

예전에는 그저 상대가 절로 알아주길 바랐다. 그럴 수 있을 거라 확신했다. 지금은 이것이 큰 오만이었음을 안다. 요즘은 지나치게 깊이 생각하지 않고 "고맙다"고 말한다. 단 빠르고 정확하게. "고맙다"는 인사를 잘 받는 사람이 있는가 하면 그렇지 않은 경우도 왕왕 있다. 전자와는 훗날을 기약하지만 후자는 쿨 하게 잊는다. 상대가 원하는 만큼만 다가가는 것도 관계의 현명한 질서이니까.

"좋은 사람이 되어야 좋은 사람을 만나게 된다"는 말에 여지없이 공감한다. 좋은 사람이 될수록 좋은 사람이 눈에 많이 보이고, 좋은 사람들 곁에 머물 수 있다. 세상은 알록달록한 사람을 주목하지만, 내가 좋아하는 사람은 구김 없는 담백함을 지닌 사람이다. 어떤 말을 해도 온화하게 스며드는 착한 눈빛을 지닌 사람, 뭉근하게 다가오는 사람. 오늘도 그런 사람을 찾아 기꺼이 폐를 끼치며 산다.

지금 안 필요한 책은 못 읽어요.

작가 은유

좋은 책을 읽고 나면 추천하거나 선물하고 싶어서 안달하는 사람이 있다. 나 역시 빠지면 좀 서러울 사람. 시시때때로 "이 책은 네게 정말 필요한 책"이라는 말도 안 되는 당위와 의무감으로 책을 선물하곤 한다. 하지만 어찌된 일인지 좋았다는 리뷰는커녕 읽었다는 답신도 듣지 못할 때가 종종 있다.

오랫동안 학습 공동체에서 글쓰기 강좌를 해 온 『글쓰기의 최전선』의 저자 은유를 만나 하소연하듯 물었다. "좋은 책을 알게 돼서, 그 책이 꼭 필요할 것 같은 사람한테 선물했는데요. 어떻게 된 일인지 사 줘도 안 읽어요. 어떻게 해야 하나요? 책 선물은 안 하는 게 맞을까요?"

"사람들은 자기 싫은 건 안 하고 필요한 건 해요. 저도 어떤 집착이 있었는데, 사람들의 내밀한 이야기를 들으면서 많이 내려놓았어요. 그거 되게 용쓰는 거거든요. 내 주관으로 남에게 권유하는 건데, 좋은 건 사람마다 다르고 자기 좋은 건 다 알아서 해요. 사람을 있는 그대로 존중해 주는 게 정말 어렵잖아요. 예전에는 막연히 알았다면 지금은 조금 실질적으로 알게 된 것 같아요. 이 책이 나한테 필요하다는 건, 마치 영양분이 필요한 것처럼 몸이 필요로 하는 건데 사람마다 달라요. 권해서 읽으면 좋은 거고 아니면 마는 거예요. 꼭 해야 하는 건 없어요."

내가 좋았으니 비슷한 가치관과 고민을 가진 너도 좋아할 책이라는 확신. 어쩌면 굉장한 오만이었겠구나 싶었다. "권해서 읽으면 좋은 거고 아니면 마는 것." 이보다 더 정확한 답이 있을까? 출판 마케터라도 된 양 호들갑을 떨면서 '이 책이 너에게 필요한 이유'에 관해 일장 연설을 서슴지 않았던 내 모습이 떠올라 피식 웃고 말았다. 책을 읽게 하는 힘은 머리인 줄 알았는데, 사실은 몸이 먼저 반응해야 가능한 일이었다.

제게 손 내밀어 주셔서 고맙습니다.

___

시인 오은

인상 깊은 메일은 지우지 않는다. 언제라도 내게 위안이 되는 글의 흔적을 남기고 싶은 욕심 때문이다. 글이 사람의 태도를 대변할 때가 있다. 문자 내용만 봐도 사람 성향이 대충 짐작된다. 정확한 정보나 의사를 물어야 할 때는 메일을 선호한다. 전화는 상대의 업무 시간을 방해할 수도 있고, 문자는 즉답을 해야 할 것 같아 부담스럽다. 메일은 차분히 읽을 수 있고, 업무 증빙도 될 수 있으니 가장 편하다.

얼마 전 고심 끝에 시인 오은에게 메일을 썼다. 팟캐스트 '책읽아웃' 진행을 맡아 달라는 내용이었다. 내 예상으로는 수락할 확률과 거절할 확률이 6대 4였다. 짧은 인사와 안부를 묻고, 전달할 수 있는 최대한의 정보를 썼다. 진행 기간, 시간, 출연료 등도 꼼꼼하게 전달했다. 충분히 생각할 시간이 필요한 일이기에 회신을 부탁한다는 말 대신 "긴 글 읽어 주셔서 감사합니다"로 메일을 마무리했다. 상대가 메일을 빨리 확인하는 편이라는 것을 알고 있기 때문에 문자는 따로 보내지 않았다.

두 시간이 채 지나지 않아 문자가 왔다. "오늘 하루만 딱 고민해 보겠습니다." 문자를 받는 순간 '내가 정말 사람을 잘 봤구나, 승낙을 하든 안 하든 나는 조금도 마음이 어렵지 않겠다' 생각했다. 정말 딱 하루가 지나 답신이 왔다. 내가 생각하는 메일의 정석이었다. 첫째, 상대 제안에 대한 정확한 의사 표시. 둘째, 구체적인 일정 논의. 셋째, 제안에 대한 감사 인사. 짧은 글 속에 이 모두가 들어 있었다. 자기 의사를 분명하게 전하면서 상대를 배려하는 태도. 그는 내가 오랫동안 좋아하고 아끼는 표현으로 메일을 마무리했다. "제게 손 내밀어 주셔서 고맙습니다."

함께 프로그램을 진행한 지 곧 10개월이 된다. 언제나 정확하고 친절한 태도로 스태프들을 감동시키는 그를 보며, 많이 배우는 중이다.

우울 구덩이에 빠지지 않으려고 부지런히
일상을 부여잡습니다.

그림책 작가 백희나

새벽 3시. 눈이 이렇게 쉽게 떠지는 날은 흔치 않으니 냉큼 책상 앞으로 간다. 달콤한 믹스 커피 한 잔을 마시며 원고를 쓰려고 눈을 부릅뜬다. 만화가 강풀은 작업에 들어가는 시간이 5분도 채 걸리지 않는다고 했는데, 나는 이미 1시간 30분 경과. 각종 SNS를 순회하던 중 그림책 작가 백희나의 트윗을 읽다가 그와의 인터뷰가 생각났다. 『알사탕』 출간 후 근황에 관한 답이었다.

"작업을 끝내고 나면, 그동안 신경 쓰지 못했던 일상생활에서 구멍이 하나둘 터져 나오기 시작합니다. 지금은 그 구멍들을 메우느라 바쁩니다. 저는 이걸 '생활의 복수'라고 생각합니다. 사실 작업에 집중할 때는 몸은 힘들지만 마음은 행복합니다. 그러나 다시 일상으로 복귀할 때가 되면 우울증이 도지곤 합니다. 넋 놓고 있다가는 우울 구덩이에 빠지기 십상이지요. 그러지 않으려고 사람도 만나고 운동도 하면서 부지런히 일상을 부여잡고 있습니다."

귀여운 그림책을 펴냈으니 달달한 이야기를 전해 줄 거라 생각했는데, 첫 질문에서 '복수', '우울'이라는 단어가 내 눈에 덜컥 잡혔다. "작가 역할과 주부 역할을 병행하다 보니 어느 한 가지에 집중하기가 힘든 데다, 아이들에게 미안해하면서도 정작 필요한 것은 못 해 주고 있다는 생각에 쫓기며" 산다고 밝힌 작가. 마치 내 마음을 고스란히 텍스트로 옮긴 느낌이랄까?

저자와 드물고 귀한 인터뷰를 한 날이면, 일상으로 복귀하고 싶지 않을 때가 있다. 나를 기다리는 각종 잡무, 사소한 집안일, 육아에서 벗어나 무작정 혼자 사색하고 싶은 날. 측은지심이 발동하려는 걸 꾹 삼키고 '주부', '엄마', '아내' 유니폼을 입고 집에 간다. 마음을 단단히 먹은 날에는 어쩐지 쉽사리 잠이 들지 않는다. 어떻게든 잠을 자겠다고 침대에서 버티다 잠이 안 오면 그때서야 책상 앞에 앉는다. 이렇게 나온 글들이 이 책의 초고가 됐다. 작가와 반대로 나는 내 감성을 부여잡으려고 안간힘을 썼다.

자기 인생이 재미있어지면
아이에 대한 고민은 줄어든다.

정신과 전문의 하지현

027

입덧을 막 시작할 때였다. 몸의 고통이 마음의 고통으로 이어졌는지 내 손에 잡히는 건 대개 사회과학 분야 책이었다. 태교를 해야 하는데, 사회에 대한 분노가 끓어올라 주체가 안 됐다. 이러다 분노 많은 아이가 태어나는 건 아닐까, 조금 자제해야겠다고 생각하던 찰나, 정신과 전문의 하지현의 『엄마의 빈틈이 아이를 키운다』를 읽었다. '빈틈'을 싫어하는 나로서는 크게 구미가 당기지 않는 제목이었지만, 초보 엄마 딱지를 최대한 일찍 떼려면 읽어야 할 것 같았다.

사춘기 자녀를 둔 부모 수천 명을 만난 저자는 "완벽한 부모야말로 최고의 재앙"이라며 "아이에게 가장 좋은 롤 모델은 재미있게 사는 부모의 모습이다. 자기 인생이 재미있어지면 아이에 대한 고민은 줄어들고, 빈틈 중에서도 '엄마로서의 빈틈'은 상대적으로 적어진다"고 했다. 이후 엄마라는 정체성과 내 자아 사이에서 고민될 때 이 말을 끊임없이 되뇌었다. 나의 육아 좌우명이다.

마음이 건강해야 육아도 잘할 수 있다. 아이와 함께하는 시간과 애정이 꼭 비례하지 않는다. 집밥을 고수하는 엄마에게 중학생 딸이 말했단다. "엄마, 바쁘게 퇴근해서 밥 차리려고 노력하는 거 보면 마음 불편해요. 그냥 짜장면 시켜 먹는 게 훨씬 마음 편하고 좋아요."

금요일 오후, 남편에게 종종 문자를 보낸다. "여보, 나 오늘 좀 늦게 들어가. 정서 좀 충만하게 만들고 주말엔 육아에 집중할게." 유일하게 48시간 아이랑 붙어 있는 주말. 그 주말을 충만하게 보내려고 나는 금요일 밤을 내 시간으로 만들었다.

인터뷰는 기술이 아니고 태도.

인터뷰어 지승호

멋있는 글을 쓰고 싶어 좋아하는 단어나 표현 등을 써 두는 수첩이 있다. 기사를 쓰다 이야기가 안 풀리면 종종 그 수첩을 꺼낸다. 언제 읽어도 촌스럽지 않은 표현들. 지금 쓰고 있는 인터뷰에 인용해 보려다 이내 수첩을 닫았다. 과한 상찬을 늘어놓은 인터뷰 기사를 읽을 때, 눈살이 찌푸려지기 때문이다. 인터뷰도 정직해야 하지 않은가, 시간 약속 하나 안 지킨 상대를 두고 온갖 칭찬을 하면 독자를 속이는 게 아닐까. 그런데 간혹 인터뷰 태도가 못마땅해서 최대한 건조하게 쓴 인터뷰를 두고 "담백해서 좋았다"는 평을 들으면 나도 내가 무엇을 썼는지 모르겠다는 생각이 든다.

『지승호, 더 인터뷰』를 쓴 전문 인터뷰어 지승호를 만난 적이 있다. 고수 앞에 서니 긴장이 될 수밖에 없었다. 내겐 너무 선배 아닌가? 인터뷰어로서의 나를 평가하겠지 싶어 최대한 자연스럽게 말문을 텄다. 하지만 웬걸, 그는 내게 동료의 제스처를 보여 줄 뿐이었다. 질문에 대한 평가나 지적은커녕 고마운 마음만 표했다. 인터뷰를 마쳤으면 이 원고는 인터뷰어의 것임을 존중했다. 그는 "인터뷰는 기술이 아니고 태도"라며, "'나를 존중하며 듣고 있구나' 하는 생각이 들면 누구나 편하게 이야기할 수 있다"고 했다.

한 작가는 섭외 전화 목소리로 인터뷰를 할지 안 할지를 정한다고 했다. 유명한 매체인가, 목소리가 좋은가가 문제가 아니다. 정확한 의사 표현, 상대를 존중하는 태도. 짧은 전화 통화에서도 들을 줄 아는 사람은 듣는다. 메일 한 줄, 문자 한 줄, 메신저 한 줄에서도 한 사람이 읽힌다. 내가 배려하면 나도 배려를 받는다. 인터뷰는 말발로 하지 않는다. 글발로도 하지 않는다. 인터뷰이와 인터뷰어의 성실과 태도가 관건이다.

조심하기 시작하면 솔직한 글을 쓸 수 없어요.

국회의원 금태섭

마음을 뻥 뚫리게 하는 말들이 있다. "네 말이 맞아", "공감해", "그래도 현실을 봐야지. 사람들이 다 네 맘 같지 않다니까" 같은 말은 전혀 아니다. "그래, 네가 피해를 입어도 해야 할 말은 하고 살아" 같은 말이다.

인터뷰할 때, 가장 매력이 없는 사람은 사사건건 조심스러운 답변만 하는 사람이다. 서면으로 질문을 받지, 왜 굳이 대면 인터뷰를 할까. 이런 경우 인터뷰이는 꼭 기사가 나오기 전에 원고를 보여 달라고 요청한다. 인터뷰어가 녹취를 풀어 인터뷰이의 이야기를 고스란히 담았건만 자신의 입말을 싹 지워 버리고 품격 있어 보이는 문어체로 답변을 수정한 후 메일을 보낸다. 인터뷰어의 노동은 전혀 아랑곳하지 않은 채.

섬세한 접근, 상대를 배려하는 태도. 참 멋진 말이다. 그러나 배려할 궁리만 계속하다 보면, 해야 할 말을 하지 못한다. 평소 원만한 관계가 무너질까 봐, 괜히 찍혀서 피해를 볼까 봐, 욕먹기 싫으니 해야 할 말을 꾸역꾸역 삼킨다. 그렇게 작은 변화 하나 없이 임기응변만 하다 보면 어느새 감언이설의 달인이 되어 있다. 청자, 독자의 눈치만 보다가 자기 마음을 읽지 못한다. 솔직한 글을 쓰는 일도 노력이 필요하다. 왜 글이 꼭 솔직해야 하냐고? 솔직하지 못하면 결코 나만의 글이 될 수 없기 때문이다.

아이들이 원하는 것은 장난감이 아니에요.
같이 놀아 줄 누군가를 기다리는 거죠.

놀이터 디자이너 편해문

엄마가 되기 전에 결심한 일이 하나 있다. 아이가 놀아 달라고 말할 때, 가능한 즉각 반응할 것. 설거지가 아무리 눈에 걸려도 아이의 인내력을 과대평가하지 않을 것. 요즘은 아이가 그림책을 읽어 달라고 하면, 내가 읽던 책을 휙 던지고 그림책을 읽어 주려 노력한다. 아이가 나와 놀지 않을 시기가 곧 찾아올 테니 후회하지 말자고 생각한다.

초등학생 자녀를 둔 엄마에게 물었다. "아이 키우면서 가장 후회되는 게 뭐예요?" 밥 먹을 때 스마트폰을 쥐어 준 일이란다. 이 말을 듣고 스마트폰만큼은 피하고자 마음먹었다. 뷔페에 가면 한 시간은 거뜬히 앉아 골고루 잘 먹는 순한 기질의 아이라서 가능했는지 모르겠지만, 아이는 현재까지 유튜브를 혼자 보는 일이 없다.

『놀이터, 위험해야 안전하다』를 쓴 놀이터 디자이너 편해문을 인터뷰했을 때, 잊지 않는 말을 들었다. "부모들이 마트에서 드러눕는 아이들을 보면서 뭘 느끼길 바라냐면요. '나는 엄마랑 놀고 싶어. 아빠랑 놀고 싶어. 친구랑 놀고 싶어'라고 속삭이고 있다는 거예요. 아이들이 원하는 것은 장난감이 아니에요. 같이 놀아 줄 누군가를 기다리는 거죠."

SNS 우정에 집착하는 사람을 볼 때면 안쓰럽다. 현실 세계에서 "놀아 달라"고 하는 사람이 너무 없는 게 아닐까. 같이 놀아 줄 누군가가 없어 장난감에 집착하는 아이와 같이 놀아 줄 누군가가 없어 SNS에 집착하는 어른이 다르게 느껴지지 않는다. 아이가 지루해할 때마다 새 장난감을 사 주는 부모가 되고 싶지 않다. 스마트폰에 키즈 앱만 잔뜩 깐 부모가 되고 싶지 않다. 체력이 달려도 아이와 같이 손을 잡고 시장에 가고, 발음이 형편없어도 구연동화를 하는 부모가 되고 싶다.

잘해 봐야 저고, 못해 봐야 저니까요.

가수 오지은

인터뷰 경험이 풍부한 사람을 만날 때면 조금 부담이 된다. 그간 얼마나 많은 질문을 받아 왔을까, 비슷한 질문이 얼마나 진부하게 들릴까, 홍보할 것만 물어보면 좋은데 자꾸 사적인 것을 캐물으니 짜증이 나지 않을까 싶다. 그런데 '같은 질문'에도 다르게 답하려는 사람이 있다. 똑같은 질문에 답을 달리하는 것이 말이 되나 싶지만, 가능하다. 사람의 생각은 어제와 오늘, 한 시간 전과 한 시간 후가 다를 수 있다. 어제는 미처 생각하지 못한 것이 오늘 생각날 수 있다.

가수 오지은의 『익숙한 새벽 세 시』를 읽었다. 에세이의 필수 덕목인 '솔직함'이 곳곳에 배어, 저자와 일대일로 대화를 나누는 느낌이었다. 말랑말랑한 에세이에 지쳤을 찰나, 저자가 여러 번 갈등하며 탈고한 흔적이 반가워 인터뷰 약속을 잡았다. 그는 배가 고프다며 샌드위치를 시키곤 말하면서 먹는 것이 불편한지 "조금만 참을걸 그랬네요"라며 멋쩍어했다. 솔직한 모습에 호감이 갔고 어떠한 질문도 받아 주겠구나 싶었다. 그의 홈페이지에 올라온 화보 인터뷰가 떠올라 대뜸 물었다. "화보 인터뷰는 즐기지 않을 것 같은데, 새로운 작업도 즐기는 편인가요?"

"전혀 즐기지 않아요. 다만 해내야 한다고 생각해요. 오늘도 인터뷰하기 전에 사진부터 찍었잖아요. 아주 어색해요. 무대에서 노래하는 일이야말로 어색할 수 있지만, 지금은 누군가 '하나 둘 셋' 하면, 노래할 수 있게 트레이닝한 상태예요. 사진도 그래요. 초반에는 어쩔 줄 몰라 했던 때가 있었지만 지금은 그렇진 않죠. 제가 빨리 적응해야 모두가 빨리 퇴근하고 좋잖아요. 잘해 봐야 저고, 못해 봐야 저니까요. 할 수 있는 한 잘해야죠."

이보다 더 프로페셔널하고 상대를 배려하는 태도가 있을까. 바둥거리는 모습마저 나로 인정하는 것, 그는 영민한 사람임이 틀림없다. 물론 나는 덕분에 조기 퇴근의 기쁨을 얻었다.

나도 무뚝뚝하게 있는 게 편하거든!

만화가 수신지

어색한 자리에서 권위를 가진 사람이 편안한 분위기를 만들 때, 종종 감동한다. 단순히 말을 많이 하고 싶어서가 아니라, 분위기를 위해 먼저 말문을 열어 질문을 하고 잘 웃어 주는 사람. 나는 그들을 드물게 귀한 사람으로 여긴다.

인스타그램에서 화제를 모은 만화 『며느라기』는 갓 결혼한 여자 주인공 '민사린'을 통해 가정에서 가부장제가 어떤 모습으로 존재하고 작용하는지를 실감 나게 그린 작품이다. 반갑게도 단행본이 나와 작가에게 인터뷰를 청하며, 가장 좋아하는 장면이나 대사가 있느냐고 물었다.

"사린의 "나도 무뚝뚝하게 있는 게 편하거든!"이라는 대사요. 무뚝뚝한 것은 어쩔 수 없는 성격이라고 이야기하는 사람들이 있는데요. 그것은 인정해요. 그런데 자신은 무뚝뚝하게 있으면서 남에게 살가움을 요구하는 것은 옳지 않다고 생각합니다. 누구든 무표정하게 가만히 있는 것이 가장 편하지 않을까요? 사린에게 감정 노동을 요구하면서 자기는 그런 거 못 하니까 네가 해 달라고, 그래서 화목한 분위기를 만들어 달라고 말하는 구영에게 말하고 싶어요. 당신에게 귀찮은 일은 남에게도 귀찮은 일이라고."

작가의 답이 너무 좋아 인스타그램에 이 문장을 올렸다. 남편이 본 걸까? 웬일로 양가 부모님께 먼저 안부 전화를 걸고, 손주 사진을 기다리는 부모님께 먼저 메시지를 보냈다. 매주 한 번만 영상통화를 챙기라고 2년간 잔소리를 해 왔는데, 여태 핑계였단 말인가? 아니, 이렇게 살아야 살아남을 수 있겠다는 생존 본능에서 일어난 변화인가? 어찌 됐든 몹시 반가운 변화였다.

선량하고 정의로운 방향감각을 가진 사람들을
좋아하고 존경합니다. 경제력이나 교육 수준과
무관한 특성이라는 것을 알게 됐고요.
그 감각이 선천적인 것인지, 교육이나 훈련에
의한 것인지, 특별한 경험을 통해 체득한 것인지,
늘 궁금합니다.

소설가 조남주

말 한마디 때문에 상대가 좋아질 때가 있다. 가볍게 할 수 없는 말이 누군가의 입에서 나올 때, 나는 상대를 무한히 신뢰하게 된다. 『82년생 김지영』이 출간되기 전, 소설가 조남주의 인터뷰를 읽었다. 전작 소설 『고마네치를 위하여』를 펴내며 보탠 말이었다. 선량하고 정의로운 방향감각을 가진 사람을 '좋아하는' 동시에 '존경하는' 작가. 그 감각이 어떻게 만들어졌는지 늘 궁금하다는 작가. 나는 이 사람을 좋아할 수밖에 없겠구나 싶었고 『82년생 김지영』, 『현남 오빠에게』, 『그녀 이름은』 등을 따라 읽으며 그를 단단히 신뢰하게 됐다.

르포 기사를 재구성한 소설 『그녀 이름은』을 펴내며 조남주는 말했다. "특별하지 않고 별일도 아닌 여성들의 삶이 더 많이 드러나고 기록되면 좋겠습니다." 베스트셀러 작가가 된 후로도 달라지지 않은 그의 작가적 태도. 더 작은 것, 평범한 사람들의 방향감각을 좇는 작가를 어찌 응원하지 않을 수 있을까.

단점이 먼저 보였어도
찾아보면 장점이 없을 순 없어요.

방송인 강주은

『내가 말해 줄게요』를 쓴 강주은을 만났다. 최민수의 아내가 아닌 그냥 강주은. 오래전 그를 인터뷰했던 선배는 여운이 오래 맴돈 만남이었다고 했다. 기대감을 안고 인터뷰 장소에 나갔다. 밝고 선한 첫인상, 그는 상대를 편하게 만드는 재주가 있었다. 아무리 좋은 이야기라도 오래 들으면 지루하다. 그런데 강주은의 이야기는 기꺼이 오래 듣고 싶었다. 이유를 찾는다면 탁월한 배려, 온전히 대화에만 집중하는 눈빛 때문이었다. 촬영을 먼저 진행하고 인터뷰를 시작했다. 촬영 때문에 흐트러진 카페 의자를 정리하자 그는 서둘러 나를 도왔다.

강주은은 인터뷰를 하기 전엔 항상 기도를 한다고 했다. '이 사람으로 하여금 어떤 일이 벌어질까, 어떤 뜻이 있을까, 어떻게 최선을 다할 수 있을까'를 생각해 본다고 했다. 경청하는 눈빛, 세심하게 질문을 듣는 태도에 반해 두 시간을 꽉 채웠다.

"일하다 보면, 손해 보는 걸 크게 생각하지 않는 사람이 있는가 하면 조금도 손해를 안 보려고 하는 사람이 있어요. 후자의 사람을 보게 될 때, 마음이 많이 가요. 그리고 찾아내고 싶어요. 이분 마음속에 뭐가 있을지 궁금하고요. 답이 언제 나올지는 모르지만 계속 노력해요. 의도적으로 손해 보기도 하고요. 제가 먼저 마음을 내려놓으면 상대방도 내려놓더라고요. 자기 이야기도 하고요. 사람들은 모두 신비해요. 마음속에 많은 것이 있어서요. 단점이 먼저 보였어도 찾아보면 장점이 없을 순 없어요."

호감이 생기지 않는 사람을 마주할 때, 기어코 그의 장점을 찾아내려 애쓴다. 이 버릇은 상대를 위한 태도이기도 하고 나를 위한 태도이기도 하다. 손 내미는 법을 잊은 사람에게 손 내미는 법을 알려 주려면 언제나 내가 먼저 내밀어야 한다.

다른 사람들이 알아듣기 좋게
말하고 쓰는 게 중요해요.

소아정신과 전문의 서천석

035

책을 읽다 눈살을 찌푸릴 때가 있다. 추상적인 표현을 뒤섞어 놓은 문장을 목격하는 순간. 왠지 내가 유식한 것 같은 착각이 들지만, 흔하게 사용하지 않는 한자어를 굳이 연이어 써야 했을까 좀처럼 이해되지 않는다. 논문조차 어렵게 쓰면 안 된다고 생각한다. 그건 독자의 폭을 좁히는 일이니까. 아무리 어려운 용어라도 쉽게 풀어 써야 좋은 글이다.

인터뷰를 정리할 때 내가 가장 신경 쓰는 대상은 독자다. 누군가 책을 읽고 그 저자의 인터뷰를 찾아볼 가능성은 1퍼센트가 채 되지 않는다. 책을 읽지 않은 독자도 이해할 수 있도록 기본적인 정보를 제공해야 한다.

쉽게 이해되지만 쉽게 쓰지 않았을 글을 종종 만난다. 읽는 이의 호흡을 배려하는 쉼표와 마침표, 적확한 단어를 찾는 정성, 자신은 감추고 상대를 드러나게 하는 성정. 내가 좋아하는 글은 누구라도 편히 이해하는 글이다. 한 템포 쉬어 가는 글, 여러 입장을 두루 살피는 글, 독자가 여백을 채울 수 있는 글이 좋다.

저는 예술가라는 자의식이 좀 부족한 것 같아요.
학교 다닐 때도 스스로를 예술가라고 하면서
자기의 일상은 잘 유지하지 못하는 사람이
싫더라고요. 예술가가 못 되더라도 일상은
잘 유지하자, 그런 주의예요.

그림책 작가 김중석

고독한 사람의 모습을 눈여겨보는 버릇이 있다. 사람은 혼자 있을 때 본연의 모습이 나온다고 하니까. 무대 위 모습보다 집 안에서의 모습이 더 나와 가깝다. 대단한 걸작을 만든 사람에게 내가 묻고 싶은 건 작품의 의의가 아니다. 어떻게 이런 작품을 만드는 당신이 되었는지, 당신이 소중하게 여기는 일상의 모습이 무엇인지, 생활인으로서의 모습은 어떤지가 더 궁금하다.

그림책 작가 김중석을 만났다. 그동안 인터뷰하며 말이 많은 그림책 작가를 본 적이 없는데 그도 마찬가지였다. 그는 에세이집 『잘 그리지도 못하면서』에 "나는 예술가가 아니고 가장이야"라고 썼다. 이 문장이 좋아 노트에 옮겨 적기도 한 나는 '생활인' 김중석의 모습이 더 궁금했다. 그는 일러스트레이터, 전시 기획자로 활동하며 선후배나 동료들의 그림책 전시를 돕는다. 매주 세 시간 걸려 순천에 가서 할머니들과 그림책 수업 '내 인생 그림일기 만들기'를 하며 할머니들에게 '작가'라는 타이틀을 선물하기도 한다. 그는 어찌된 일인지 자신의 그림책 출간 소식보다 전시회 이야기를 더 많이 하고 싶은 눈치였다.

배우 문소리는 한일 젊은 문화인 대담집 『부디 계속해주세요』에서 이렇게 말했다. "저는 지금도 굉장히 큰 파티에 갈 때도 있고 큰 행사에 뭐 드레스를 질질 끌고 갈 때도 있지만, 제가 평범하게 산 일상을 놓치지 말아야 한다고 생각하고, 그것이 제가 연기를 앞으로 하는 데에도 굉장히 탄탄한 베이스가 될 거라고 생각하거든요."

일상과 일이 이어지는 삶. 일상을 소중하게 생각하는 사람, 일상이 더 중하다고 말하는 사람이 나는 좋다. 그들이 만드는 예술이 더 좋다. 진짜 예술은 일상이니까.

하지만 나는 나를 좋아하기도 한다. 나의 인격,
나의 특이함, 나의 유머 감각, 거칠면서도
낭만적인 구석이 있는 내가 좋다. 내가 사랑하는
방식과 내가 글 쓰는 방식이 좋고 친절함과
까칠함이 공존하는 내 성격과 말투가 좋다.

작가 록산 게이

팟캐스트 『책읽아웃』에서 나는 '프랑소와 엄'이다. 시즌1을 함께했던 김동영 작가가 지어 준 별명. 웬 프랑소와? 그는 자신이 만나 본 사람 중에 내가 가장 시크하다며 "시크하면 프렌치 시크"라고 했다. 최근 시크하다, 쿨하다는 이야기를 연속적으로 듣고 있던 터라 대오 각성했다. 나는 은근히 여리고 소심한 사람인데 사람들은 왜 자꾸 내게 "쿨하다"고 할까. 직언을 서슴지 않는 친구들에게 "내가 그렇게 차갑고 시크하니?"라고 묻자 하나같이 "그렇지, 너 쿨해"라고 했다.

솔직한 것은 인정, 해야 할 말은 하는 편이라는 것도 인정, 평소 말의 높낮이가 거의 없는 것도 인정, 무표정한 얼굴이라는 것도 인정…… 하다 보니, 나는 쿨한 사람이었다. 하지만 나를 무척 여리고 따뜻하게 보는 사람도 많다. 내가 사람을 차별 대우하나? 글쎄, 사람이라면 누구나 다양한 면이 있다고 생각한다. 나는 섬세한 사람에게는 섬세하게 대하고, 쿨한 것을 좋아하는 사람에게는 쿨하게 대한다. 이것은 내가 사람을 대하는 태도의 한 단면이다. 도대체 진짜 얼굴은 뭐냐고? 모두 다 내 얼굴이다.

SNS만 보면 최고의 교양과 성품을 갖춘 사람이 수두룩하다. 기대하고 만났는데 웬걸, 글에서 보여 준 섬세함이라고는 전혀 찾을 수 없는 경우가 많았다. 나라고 다를까? 똑같다. 다만 겉으로 드러나지 않는 속내를 보는 사람이 있는가 하면, 보이는 것만 보는 사람이 있다.

하루 세 번 꼴로 자기반성을 한다. 같은 실수를 반복하는 내 모습을 한심하게 여기지만, 실수를 발전의 한 과정으로 여기는 나는 대견하다. 사람들의 사소한 태도에 종종 마음을 다치는 내가 안타깝지만, 사람들의 진의를 꼼꼼하게 살피는 나는 기특하다.

기분 나쁜 메일에는 답장을 하지
않기로 했고 싫은 사람을 싫어하는 일에
죄책감을 갖지 않기로 했다.

만화가 난다

사람들은 생각보다 메일의 중요성을 깊이 생각하지 않는다. 메일은 첫인상을 좌우하는 수단이다. 내가 아는 한 젊은 편집자는 시종일관 정중하다. 서너 번 대면했으니 조금 편하게 써도 될 법한데 언제나 정중한 인사를 빼놓지 않는 그를 신뢰할 수밖에 없다.

아무리 친하더라도 업무 메일이라면 격식에 맞게 쓰는 것이 좋다. 수신자 입장에서 받으면 좋은 메일의 특징이다. 1. 수신자의 이름을 안다면 필히 명시할 것. 단체 메일은 보내나 마나일 때가 많다. 2. 발신자도 분명히 밝히자. 회사 이름으로 갈음하면 책임감이 느껴지지 않는다. 3. 맞춤법, 띄어쓰기도 신경 쓸 것. 메일에도 실력이 보인다. 4. 같은 이야기를 반복하지 말 것. 경제적인 단어를 선택할 것. 5. 빨리 회신하는 것을 주저하지 말 것. 안 바빠보이지 않는다. 배려로 읽힌다. 6. '고맙다'는 말은 빼먹지 말 것. 설령 특별히 고맙지 않더라도. 7. 그림말(^^)은 적당히 사용할 것. 상대에게 따뜻한 느낌을 줘 손해 볼 일은 없음(정중하게 보내야 하는 메일의 경우는 생략하는 것이 나음).

후배들에게 특히 강조하는 것은 5번이다. 사람들은 때때로 바쁜 척을 몹시 하고 싶어 한다. 그러다 중요한 일을 놓치는 경우도 부지기수다. "이 사람은 왜 이렇게 회신이 빨라?"라며 기분 나빠할 상대는 없다. "내 메일을 중요하게 여기는구나" 하고 고마워할 따름이다. 30초면 회신할 수 있는 메일은 빠르게 쓰는 게 좋다.

예의 없는 메일에는 기분 나쁘다는 반응을 보여도 좋다. 실수는 상대가 했으니까. 기분 나쁨을 표했을 때 상대가 당혹스러워하면 당신 탓이 아니다. 불쾌감을 표현해야 진짜 관계가 시작된다.

좋은 문장이 있을 때는 독자가 바로
'오이시'(맛있다)라고 할 수도 있겠지만,
저는 다 읽고 나서 책장을 덮고 한참 있다가
'오이시캇타'(맛있었다)하게 되는 소설을
쓰고 싶은 겁니다.

소설가 김중혁

6년간 신춘문예에 도전하고 있는 친구가 물었다. "너는 어떤 글을 쓰고 싶어?" 내가 친구에게 먼저 물었어야 할 질문이 아닌가 후회하면서, 떠오르는 대로 답했다. "한 줄이라도 오래 기억에 남을 문장이 있는 글? 내가 만난 사람들, 너무 훌륭하죠?가 아니라 우리 모두 부족하지만 애쓰면서 살고 있다는 걸 느끼게 하는 글? 누군가의 숨은 장점을 찾아내는 이야기를 할 수 있으면 더없이 좋고, 일상을 살아가는 각자의 태도를 떠올려 본다면 기쁠 것 같은데?" 한번도 진지하게 생각하지 않은 이야기. 어쩌면 친구가 기대했던 문학적인 답변에서 비껴 나갔겠다는 생각이 들었다.

　왜 나는 논픽션을 더 좋아할까, 진지하게 따져 본 적이 있다. 글보다 사람 읽는 걸 더 좋아해서일까? 언제나 작품 해석보다 작가해석을 더 흥미롭게 읽는 나. 삶이 빠진 글은 언제나 너무 심상하게 읽힌다.

　'올해의 책'을 꼽아 달라는 청탁을 받고 어떻게 리뷰를 쓸까 고민했다. 읽는 순간 톡톡 쏘는 문장이 눈에 띄는 글? 영업력이 곳곳에 포진된 글? 은근슬쩍 나의 유식을 드러내는 글? 순간의 감정으로 후드득 써내려 가는 글? 어느 하나 쉬운 일이 없지만, 이모든 각색된 의도를 버리고 느낀만큼 쓰는 게 가장 중요하지 않을까. 자극적인 글은 순식간에 읽히지만, 정말 맛있는 글은 끝까지 읽히니까.

누구를 만나건 우선 그 사람의 부모가 그를
낳고 키우면서 기울였을 애착과 정성을 봅니다.
이제는 말도 잘 안 듣고 공부도 잘 못하는
학생들에게 더 관심이 갑니다. 사람 하나하나가
모두 다르게 보입니다.

정치학자 라종일

040

결혼 전, 아이를 낳겠다는 결심은 한 적이 없다. 다만 궁금했다. 모성애란 어떤 마음일까. 나에겐 어떤 모성애가 만들어질까. 여섯 살 아들을 둔 지금 시점에서 '나는 구닥다리 모성애의 소유자'라는 결론을 내렸지만 해가 갈수록 나의 모성애 색깔은 달라지고 있다.

　3개월 출산휴가, 3개월 육아휴직을 마치고 회사에 복귀했을 무렵에는 퇴근하면 육상선수처럼 달음박질로 집에 갔다. 아이를 일찍 보고 싶은 마음보다는 친정엄마를 빨리 퇴근시켜 드려야 한다는 의무감이 컸다. 편하게 사셔야 할 나이에 손주 육아를 시작한 엄마는 45개월 넘게 아침 7시 10분에 우리 집으로 출근하셨다. 우리 집과 친정은 도보 3분이 채 안 걸리지만, 나는 이 시간의 틈을 좁히려고 애썼다. 직장에서 일하며 좋은 사람을 만나게 될 때 '이건 부모님이 준 선물이구나' 생각했다. "몸은 피로하지만 손주 보는 마음은 참 좋다"고 말하는 이야기를 들을 때 나는 한없이 작아졌다.

　내 자식 잘 키우겠다고 엄마, 아빠를 고생시키는 내가 너무 미워 부모 이야기만 나오면 눈시울이 붉어졌는데, 때마다 많은 분들이 위로의 말을 건넸다. "부모님 은혜에 보답할 순간이 꼭 오거든요? 그때 잘하시면 돼요", "사람이 나이가 들면 체력뿐 아니라 삶의 의욕을 잃어요. 존재적 가치도 생각하게 되고요. 아내가 오랫동안 손주를 돌봐 줬는데요. 스스로 아직 쓸모가 있다는 충만을 느끼더라고요", "아이에게 쓸 마음을 부모님께 쓰세요. 자식이 주는 힘으로 손주를 잘 볼 수 있답니다."

　부모가 나를 키우며 가졌던 애착과 정성, 이제는 조금 안다. 그것이 내가 품고 있는 모성애와 다를지라도 내 부모가 지녔던 모성애와 부성애는 최선이었다는 것을. 부모가 돼서야 느끼고 있다.

까칠함 같은 건 사람을 좋아하는 제가 사람을
밀어내기 위한 도구가 되었어요. 그 많은
사람들을 다 만나고 살 수는 없을 테니까요.
내 까칠함으로 물러나는 사람이 있다면
어느 정도 성공인 거죠.

시인 이병률

041

"이 책은 저희 출판사 대표님이 각별히 신경 쓴 책이라서요. 꼭 좀 검토 부탁 드립니다." 출판사 마케터에게 벌써 세 번째 같은 메일을 받았다. 얼마나 쪼임을 당하면 이렇게 메일을 쓸까. 혹시 내가 그 출판사 대표와 친하다고 생각을 하는 건가? 아니기도 아니거니와 그렇다 한들? 당신이 좋은 책이라고 생각한다면 우리가 더 깊이 고려하겠지만 어찌 대표 이름이 먼저 나올까. 나는 오지랖이 발동해서 답장을 썼다. "안녕하세요 대리님. 보내 주신 제안 잘 받았습니다. 그런데 자꾸 대표님 사연을 쓰면서 제안을 주시면 받는 사람 입장에서 기분이 썩 좋지 않아요. 어떤 책이 각별하지 않겠어요. (하략)" 막상 메일을 보내고 괜한 오지랖을 부렸나 후회했지만, 기분 나빠도 어쩔 수 없었다. 그가 앞으로도 이렇게 일할까 봐 다른 곳에도 같은 메일을 보내고 있을까 봐 진심으로 걱정됐다. 두 시간 후 답장이 왔다. 불쾌한 뉘앙스 하나 없이, 자신이 미처 생각하지 못했다며 고맙다고 했다. 아, 열린 사람이었구나. 그와 잘 지낼 수 있을 것 같았다.

틈틈이 불쾌한 일들과 맞닥뜨린다. 표현할까 말까 고민하다가 말하기도 하고 무시하기도 하지만, 불쾌가 오해가 아니라는 확신이 들면 대개 말하려고 한다. 말했을 때 상대의 반응을 보고, 오래 갈 인연인지 스칠 인연인지를 파악한다.

행복은 소유의 양이 아니라
관계 맺음의 질에 있다.

사회학자·작가 정수복

학생 시절에 좋은 글귀를 필사해 놓은 노트를 보다 깜짝 놀랐다. 어떻게 15년 전에도 같은 고민을 했을까, 지금의 나를 예언해 놓은 듯한 문장을 읽으며 '사람은 정말 변하지 않는구나'를 실감했다.

대학 2학년 때 국토 대장정에서 만난 친구들과의 독서모임에서 읽은 사회학자 정수복의 『바다로 간 게으름뱅이』. 현재 아쉽게도 절판됐지만 20대 때 읽은 책 중 가장 기억에 남는 책이다. 당시 사회운동연구소를 꾸렸던 정수복은 '느림의 철학'을 연구했다. 파리에서 오래 유학한 그는 "물질주의적 가치관에서 벗어나니 필요한 만큼의 물질만으로도 얼마든지 행복할 수 있다는 것을 깨달았다"고 했다. 지금 유행하는 '소확행'의 17년 전 버전이랄까. 사회생활에 뛰어들기도 전에 내가 따라갈, 따라가고 싶은 삶의 태도를 발견했다.

며칠 전 재테크 고수를 만났다. 왜 부동산에 관심이 없느냐며, 주식은 왜 안 하느냐며 안쓰럽다는 듯한 표정을 짓는데 할 말이 없었다. "저는 그 시간에 제 옆에 있는 사람을 생각하고 싶은데요"라고 말할까 했지만, 짧은 침묵으로 대화를 마쳤다. 17년 전에 들어온 글귀를 아직도 품고 사는 나라서, 꼭 돈이 많아야 행복한 인생을 살 수 있지 않다는 것을 너무 많이 봐 온 나라서, 생긴 대로 살아야지 생각하는 요즘이다.

매력을 느끼는 건 쿨한 놈들이지만 사실
정이 가는 건 어쩔 수 없이 징징대는 놈들인
것이다.

소설가 은희경

해가 갈수록 쿨한 사람의 인기는 높아만 간다. 하기야 쿨한 사람은 뒤끝이 없으니까 대화하기 용이하다. 가장 곤란한 캐릭터는 쿨한 척하는 사람. 척을 하니 어느 정도 받아 주긴 하는데 얼마 안 가 본색이 드러나니 난감하기 짝이 없다. 어제도 그제도 "쿨한 사람이 너무 좋다"는 이야기를 연달아 들었다. 스스로 쿨하지 못하다고 자부하는 나는 "쿨하지 못해 미안해"라고 사과해야 하는 상황인가? "너, 나 별로지?"라고 물어야 하나? 머뭇거리다 불쑥 속내를 고백했다. "나는 정말이지 쿨한 사람 별로야. 잠깐은 멋지고 매력적인데 친해지고 싶진 않아. 살짝 피곤해도 나는 다정한 사람이 좋아."

어쩔 수 없는 게 아니라, 당연한 어떤 것이다. 같은 메일을 보내도 답장이 달리 온다. 소소한 배려로 느낌표를 찍게 하는 사람이 있는가 하면 냉정한 태도 때문에 마침표 또는 물음표를 찍게 만드는 사람이 있다.

문득 10년 후 하고 싶은 사업 아이템이 떠올라 두 친구에게 말했다. 하루 차이로 같은 이야기를 일대일 대화로. 먼저 들은 한 친구는 "당장 해! 진짜 괜찮은 아이디어"라고 했고, 다른 친구는 "음, 그게 잘될까?"라고 말문을 열었다. 반짝이는 아이디어였든 망할 아이템이었든 어차피 나는 당장 시작하지 않을 일인데, 기어이 객관적인 판단과 쓴소리를 늘어놓는 친구를 보며 왜 이야기를 꺼냈을까 후회했다.

대화가 이어지지 않는 사람들이 있다. 잠깐 호감을 느끼곤 하나 아무리 노력해도 핑퐁이 이뤄지지 않는 사람. 이제는 굳이 거리를 좁히려 가까이 다가가지 않는다.

정말 중요한 것은 다 알면서 모른 체 넘어가는 것이다. 사랑에 대해 다 파악하면서 모른 듯이 넘어갈 수 있는 결기나 명랑함이 사랑하는 데 중요하다고 본다.

철학자 김영민

통 소식이 없던 친구에게 뜬금없이 문자가 왔다. 다짜고짜 남편과 심각한 위기라며 상담을 요청했다. 이야기를 들어 보니 남편은 혼자만의 시간이 몹시 필요한 성격, 반면 친구는 모든 걸 함께해야 직성이 풀리는 성향이다. 결혼 1년 차, 어떤 일로 골이 났는지 남편은 말문을 쾅 닫아 버렸다고 했다. 전전긍긍하는 친구에게 어떤 위로를 해 줘야 하나 고민하고 있는데, 친구가 말했다. "위로 말고 조언해 줘. 진심이야." "그러면 있잖아. 남편이 주말에 혼자 어디 가고 싶다고 하면, 그냥 내버려 둬. 어디 가냐고 묻지 말고, 너무 궁금해도 좀 참아. 가만히 그냥 있어 줘. 그러면 며칠 후 먼저 말을 걸어올 거야. 네가 노력하고 있고 기다리고 있다고 느끼면 돌아와. 자꾸 당기지만 말고 좀 놓아줘. 남자는 주기적으로 동굴 속으로 들어가고 싶어해. 못 하게 하면 더 깊이 들어가더라."

하고 싶은 말은 해야 직성인 나도 해가 갈수록 참는 법을 배우려 노력한다. 해 봐야 소용 없는 말의 처참한 결과를 자주 목격했다. 소설가 은희경은 '잔소리'를 이렇게 표현했다. "듣는 사람 자신도 너무나 잘 알고 있는 옳은 말이 반복된다는 점에서 사람을 짜증나게 한다."

알면서 참는 것. 지금은 분통이 터져도 그 인내를 언젠가 상대는 알게 된다. 영영 모를지라도 건건이 짚고 넘어가는 것만큼 미련한 짓이 없다. 말하고 싶은 욕망이 가득한 입을 닫고, 억지로라도 귀를 열어 음악이라도 하나 듣고 나면 내 안의 화가 언제 있었냐는 듯이 달아나는 게 사람 마음이다.

적어도 핸들은 내가 쥐고 있어야겠다,
생각한 거예요.

가수 루시드폴

좋아하는 사람들의 공통점이 있다. 선호를 밝히는 데 거리낌이 없다는 점. 뭐든지 좋은 사람보다는 상대를 적절히 배려하며 분명히 말하는 사람이 좋다. 인터뷰하다 화색이 도는 순간이 있다. 상대가 편견 없이 질문을 듣고 있다는 확신이 들 때, 멋있는 대답보다 솔직한 속내를 털어놓을 때다.

가수 루시드폴을 만났다. 에세이 『모든 삶은, 작고 크다』와 8집 정규 앨범을 낸 직후였다. 그는 「안녕,」이라는 곡에서 "나는 침묵이 더 편해졌어요"라고 노랫말을 썼다. 노래로 마음을 전하고 싶은 사람에게 곡의 의미나 근황 등을 시시콜콜 물어야 하는 상황이 멋쩍어 한동안 앨범 때문에 침묵할 수 없는데 괜찮느냐고 물었다. 그는 "말이란 늘 즐겁지만은 않지만 작업이나 작품에 관해 이야기하는 건 크게 거부감이 없다"고 했다.

제주로 이주했다는 그에게 물었다. 서울보다 느린 속도로 살게 되었냐고. 필시 긍정의 답을 예상했는데 그는 "천천히 느릿느릿 살고 싶진 않다"고 했다.

"내 속도로 살고 싶어요. 매일매일 바쁘고 치열하고 촘촘하다고 해도 그게 나랑 맞는 속도면 별문제가 없을 거예요. 서울에서 가장 힘들었던 건 내가 살고 싶은 속도를 내가 제어할 수 없다는 사실이었어요. 내가 기어를 쥐고 있는 것 같지 않았어요. 굉장히 많은 관계 속에서 자유로울 수 없었어요. 내 속도로 살기 위해서는 이 관계들 속에서 떨어져 있어야겠다고 생각했어요. 적어도 핸들은 내가 쥐고 있어야겠다, 생각한 거예요."

루시드폴에게 마지막 질문을 던졌다. 어떤 사람이 되고 싶냐고. 그는 "그냥 말수가 좀 적고 좀 멍청하고, 그러면서도 귀여운 할아버지가 되고 싶습니다"라고 말했다. 꼭 그럴 수 있을 것 같았다.

내가 스스로 생각해 내는 건 하나도 없어.
많은 사람들이 나에게 영향을 줘. 그렇지만
아무에게서나 감동을 받지는 않아.

소설가 조세희

얼마나 망설였는지 아무도 모른다. 그렇게 많은 책을 두고 '별로'라고 단정 지은 내가 책을 쓰다니, 내가 뭐라고. 어쩌다 나는 '저자'라는 이름을 탐하게 되었나. 종종 친구들이 "책은 잘 쓰고 있냐?" 물으면 겸연쩍은 표정으로 말했다. "얼마나 책이 안 팔리는지 곧 체험하게 되겠지? 최소한 출판사에 폐를 끼치는 상황이 안 되는 것이 내 목표야."

간혹 저자의 이름을 지우고 책을 본다. 유명인이 쓴 책을 접할 때 저자의 이름을 지운 후에도 읽을 만한 책이라면 그 책을 높게 평가한다. 반대로 이름을 지웠더니 도저히 볼 수 없는 책이라면 출판사를 원망한다. 해도 너무 하는 것 아니냐고. 당신은 직장인이기 전에 출판인이 아니냐며 편집자를 책망한다. 하지만 내 인생의 법칙 '48시간 후'에 곰곰이 따져 보았다. 그리고 내린 결론은 '누구도 저자가 될 수 있다'는 사실. 같은 말을 해도 A가 하는 것과 B가 하는 것은 다르지 않은가. 책을 썼을 때 귀를 기울이는 독자가 많다는 건 저자가 살아온 인생의 방증 아닌가. 그런데 내 책은? 설명할 길이 없다.

쓰다 말고 쓰다 말고를 반복하던 중 편지 한 통을 받았다. 어쩌면 내 책을 가장 기다려 주는 사람에게. 그는 편지 말미에 조세희의 '난쟁이 연작'에 나오는 글귀를 적어 주었고, 그 문장을 읽고 나를 떠올렸다며 자신의 말을 보태었다. "저는 많은 사람을 좋아해요. 하지만 아무에게서나 감동을 받진 않아요." 나는 이 편지를 얼마나 오랫동안 품게 될까, 짐작조차 하기 어려운 마음이 되어 버렸다.

진심이 중요하지만 우리 관계에서 더 필요한 건
태도, 사람을 대하는 태도다. 오랫동안 친밀했던
사람들과 떨어져 지내다 보면, 그 사람의
진심보다 나를 대했던 태도가 기억에 남는다.
태도는 진심을 읽어 내는 가장 중요한 거울이다.

소설가 한창훈

047

매년 홀로 '올해의 문장'을 선정한다. 업무상 메일을 주고받다 걸린 문장이 선택되기도 하고, 소설 속 잊히지 않는 문장이 주인공이 되기도 한다. 때론 어떤 이의 프로필 문구가 내 마음을 요동치게 만들기도 하는데 이번에 뽑은 '올해의 문장'은『한창훈의 나는 왜 쓰는가』에서 발견한 프로필 소개였다. "중요한 것은 진심보다 태도" 어쩌면 나는 이 문장 때문에 '태도'에 관한 글을 모으게 되었는지 모른다.

매일매일 '진심보다 태도'를 장착하고 사람을 마주하려 애쓴다. '내 마음 알지? 알잖아?' 속으로 외치지 않고 행동으로 보여 주기. 아무 말 하지 않고 어정쩡한 눈빛으로 누군가 자신의 마음을 알아채길 바라는 사람만큼 미련한 사람이 없다. 사람은 행동으로 진심을 보여 줘야 한다. 행동은 곧 태도일 것이고.

한번 써 본 마음은 남죠. 안 써 본 마음이
어렵습니다. 힘들겠지만 거기에 맞는 마음을
알고 있을 겁니다.

소설가 김금희

이야기보다 문장이 눈에 들어올 때가 있다. 내 마음에 담기는 문장이 너무 많아 흡수하기가 바쁜데, 어찌된 일인지 허기진 기분이 들어 책을 읽다 말고 초콜릿을 찾아 한입 깨물었다. 김금희의 첫 장편 『경애의 마음』 때문이다.

한 사람이 주말 내내 마음에 걸렸다. 내게 서운해하는 느낌이 너무 분명해 나도 덩달아 서운해졌다. 어떻게 내게 서운해할 수가 있지? 그간 내가 보여 준 성의, 배려는 금세 잊었나? 달라진 말투, 바로 오지 않는 회신을 눈치챈 나는 이틀을 꼬박 불편한 마음으로 보냈다. 왜 내게 서운해하느냐 물어보고 싶은 마음을 꾹 누르던 찰나, 소설 속 문장이 시선을 낚아챘다. "한번 써 본 마음은 남죠." 그가 내게 준 첫 마음이 떠올랐다. 그를 생각하면, 지금의 서운함이 상쇄될 만한 고마운 기억이 많았다. 우리는 때때로 오해했지만 서로의 진심을 읽는 사이였다. 나는 그와 좋은 관계를 유지하고 싶고 그도 다르지 않다는 믿음이 있었다.

다음날, 아무렇지 않은 듯 그에게 메일을 보냈다. 평소엔 잘 쓰지 않는 이모티콘을 써 가며 친근하게 안부를 물었다. 30분도 지나지 않아 회신이 왔다. 오해였다. 아니 오해는 아니었을지 몰라도 우리는 서로에게 받았던 마음을 이미 상기하고 있었다.

서로를 향한 한결같은 마음이란 건 존재하지 않는다. 변하기 마련인 마음을 붙잡고 서로를 토닥거리며 끌어당길 때, 우리의 첫 마음은 흩어지지 않는다. 내가 알듯 그도 안다. 우리는 서로에게 마음을 써 봤으니까.

소설을 쓸 때 고요할 필요는 있지만
청정 지역에 살 필요는 없다고 생각해요.
어떤 자극을 받아도 그게 제 안에
무언가를 남길 테니까요.

소설가 김애란

전 직장 후배에게 문자가 왔다. "최악의 인터뷰를 마치고 사무실 복귀 중." 사전 정보 없이 이게 웬 생뚱한 이야기. 질문을 할까 하다가 그저 "토닥토닥"이라고 답신했다. 10년 남짓 분명한 목표를 갖고 일회성 만남을 하고 있는 나. 진짜를 보기도 가짜를 보기도 하는 일. 마음을 뺏겼다가 다시 마음을 돌려받고 싶은 심경이 되기도 하는 일. 그런데 안 하면 아쉬운 일, 손이 간지럽고 귀가 간지러운 일이 내겐 인터뷰다.

언젠가 한 작가가 내게 메일을 보냈다. 지금도 잊히지 않는 불쾌한 메일. 자신의 답변 수정을 부탁하면서 나를 평가했다. 자신의 글이 소중하면 내 글도 소중한데, 인터뷰를 그냥 요약하는 일로 아나? 자신의 말에 그렇게 자신이 없으면 인터뷰하지 말 것을. 한동안 내내 불쾌했다.

좋은 사람을 이렇게 많이 만나니 얼마나 행복하냐고, 사람들은 나를 부러워한다. 그런데 이 사실을 알까. 내가 청정 지역에 사는 사람만 만나는 건 아니라는 사실을. 유명하다고 좋은 사람은 아니라는 사실을.

한창 일에 재미를 붙인 후배에게 내가 어떤 조언을 할 수 있을지 궁리하다가 며칠 전 동료에게 받은 메일을 떠올렸다. "배울 기회는 좋은 사람이 주는 것이기도 하지만, 나 자신이 찾아내는 것 같기도 해요. 그래서 제게 주시는 이야기 모두! 건강하게 소화하고 있습니다." 후배에게도 같은 말을 해 주고 싶었다. "어떤 자극을 받아도 네 안에 무언가는 남을 거야. 찾는 건 너의 몫."

나는 내가 하고 있는 고군분투와 삽질에 대해
최대한 적극적으로 말하는 편인데, 이것이
타인에게 적잖은 위로가 될 수 있기 때문이다.

가수 요조

050

나는 안다. 사람들이 좋아하는 이야기를. 나에게 듣고 싶은 말이 무엇인지를 똑똑히 알고 있다. 하지만 나는 그들이 원하는 이야기만 하지 않는다. 그러고 싶지 않다. 나는 종종 쓴소리를 하고 자주 자아비판을 늘어놓는다. 훌륭하지 않은데 훌륭한 척하고 싶지 않다. 내 마음은 구멍 난 포장지인데 반들반들한 셀로판지로 보이고 싶지 않다. 낮은 평가보다 괴로운 건 과대평가를 받는 일. 때때로 나는 일부러 징징대고, 제 살 깎아먹기라도 내가 '골라낸' 모습만 보여 주고 싶지 않다. 이건 나를 위해서이기도 하고, 나를 통해 위로받을 누군가를 위해서이기도 하다.

내 삶에 깊이 영향을 미치는 취미를 갖는 일.

시인 마종기

산문집 『우리 얼마나 함께』를 내고 잠시 귀국한 시인 마종기를 만났다. 한국과 미국을 오가며 생활하는 시인은 "한국에 있을 때는 무엇을 하든 행복하다"며 인터뷰를 반겼다. 마종기는 알려졌다시피 '의사 시인'이다. 40여 년간 의사로 일하면서도 펜을 놓지 않았던 그는 "괜찮은 의사가 되어 고국에 돌아가기 위해서는 시를 쓸 수밖에 없었다"며, "낯선 이국 땅에서 시는 유일한 위로"라고 말했다.

마종기는 2002년부터 6년간 모교 연세대학교에서 '문학과 의학'을 가르쳤다. 예비 의사들의 인문학적 소양을 높이고자 시작한 수업이었다. 그는 미국에서 지내며 실패한 의사를 많이 봤다. 의료사고로 파면된 의사가 정신병원에 장기 입원하는 경우도 종종 목격했다. 실패한 의사를 만나면서 공통점을 하나 발견했다. 바로 취미가 없다는 것. 자기 생활에 영향을 미치는 취미를 가진 사람은 극히 드물었다.

"의학, 과학을 지상 최고의 학문이라고 생각하는 사람들은 자신의 분야에서 실수를 하게 되면 삶의 의지가 단번에 꺾입니다. 다른 취미 없이 외골수로 살아가면 인생에 있어서 큰일이 닥칠 때 쉽게 이겨 내기 어려워요. 내 삶에 깊이 영향을 미치는 취미를 갖고 그것을 즐기면, 의사로서 좌절하고 봉변을 겪게 될 때 살아남을 수 있는 힘이 생겨요. 쉽지 않은 선택을 해야 할 때, 어떤 예술이 주는 힘이 현명한 결정을 내릴 수 있게 해 줘요."

어쩌면 문학을 더 사랑하는 듯한 의사를 종종 본다. 그런 이는 자신의 감정을 안정적으로 다스리고 타인의 마음 상태도 쉬이 눈치챈다. '이게 아니면 안 돼'라는 태도가 없다. 나는 한때 괴로운 일이 터질 때마다 홀로 영화관에 갔다. 내 상황과 전혀 다른 영화를 보고 나면 '아, 이게 전부가 아니겠구나' 싶다. 마음의 공기를 전환시키고 싶을 땐 노래 한 곡을 연거푸 듣는다. 감정이 후다닥 전환된다.

이건 정말 죽고 싶은 것이었다. 만나서
조금도 반가울 것 없는 사람에게 "만나서
반갑습니다"라는 말을 늘어놓고 있다니!
하지만 살아가고 싶으면 그런 말도
해야 하는 법이다.

소설가 J. D. 샐린저

『호밀밭의 파수꾼』을 다시 읽다가 폭소하고 말았다. J. D. 샐린저가 누군가. 1919년에 태어난 미국 문단의 대표적인 히키코모리 작가 아닌가. 전에는 왜 이 문장이 눈에 걸리지 않았는지가 신기할 따름이다.

진심으로 좋아하지 않는, 좋아할 수 없는 작가를 만나러 갔다. 그의 작품이 베스트셀러가 된 이유는 알겠지만, 도무지 내게는 와닿지 않았던 글들. 하지만 나는 태연하고 무난하게 인터뷰를 마쳤다. 동석한 사진 기자가 놀리듯 말했다. "와, 진짜 대단!" "네? 뭐가요?" "안 좋아하는 사람 앞에서 어떻게 이렇게 티를 안 내요?" 칭찬인지 욕인지 모를 이야기를 들으면서 나는 조금 쓸쓸했다. 죽고 싶을 만큼은 아니었지만 썩소를 숨기느라 얼마나 힘들었는지 정말 아무도 모른다.

작가들이 글을 쓸 때 딱 그 나이에 맞는 글을
쓰는 것 같아요. 김치에도 겉절이가 있고
묵은지가 있잖아요. 잘 익은 김치, 덜 익은
김치가 나름대로 맛있듯이 책도 마찬가지예요.
그 나이, 그 감성으로 쓸 수밖에 없었어요.
그때의 생각, 감성을 존중하고 싶어서 하나도
고치고 싶지 않았어요.

여성학자 현경

또 메일이 왔다. 3년 전 인터뷰 기사 내용을 수정해 달란다. 지금과 상황이 많이 달라졌다며. 내가 보기엔 전혀 민감한 내용이 아닌데, 본인이 그리 마음이 쓰인다니 어쩔 수 없이 수정해 줬다. 기사 수정을 요청한 역대급 사연은 한 베스트셀러 작가의 프로필 세탁이었다. 그는 무명작가 시절에 프로필을 상당히 길게 쓰는 사람이었는데 지금은 모든 경력을 지우려고 한다. 새로 태어나고 싶은 마음을 이해하긴 하나 그렇다고 과거의 일, 생각, 말, 경험을 모두 지워 버릴 수 있을까. 지우면 진짜 내가 될 수 있나?

에세이를 주로 쓰는 한 작가가 말했다. "3~4년 전 쓴 글을 보면 정말 소스라치게 놀라요. 너무 부끄럽고 민망하고. 가끔은 절판하고 싶은 마음이 절로 든다니까요." 나 역시 이 글을 3년 후에 읽는다면 엄청나게 부끄러울지 모른다. 단언해야 할지도 모를 만큼 예상되기도 한다. 하지만 어쩌겠나. 지금 내 생각, 내 삶이 이러한데. 최근 책방 일기를 쓴 두 사람을 각각 만났다. 먼저 만난 사람은 책방 개업 1년 차, 후에 만난 사람은 책방 개업 3년 차였다. 내겐 후자가 쓴 책이 훨씬 깊게 다가왔지만 그렇다고 1년 차 서점 주인이 쓴 글이 효용이 없다고 말할 수 없다. 분명 그때의 마음으로만 쓸 수 있는 글이 존재하니까. 나는 지금의 내 생각, 감정도 존중하고 싶다.

행복감이란 얼마나 크냐의 문제가 아니라,
얼마나 자주 느끼냐의 문제라고 생각해요.

도시건축가 김진애

054

아이를 위해 기도할 때 빠지지 않는 내용이 있다. '행복감을 자주 느끼는 사람'으로 자랐으면 하는 소망. 자기가 행복해지는 순간을 잘 알고 그 시간을 만들기 위해 애쓰는 사람으로 크는 일, 나는 이보다 더 중요한 게 없다고 생각한다. 참으로 잘난, 유명한, 기품 있어 보이는 사람을 많이 만났다. 책을 쓰는 사람은 대개 한 분야에서 일가를 이룬 사람이니 어쨌든 존경할 만한, 배울 구석이 있는 사람이다. 그러나 내가 부러워하는 기준은 딱 하나. 스스로 행복을 잘 느끼는 사람인가 아닌가이다. 행복감을 '자주' 느낄 수 있는 재주, 마음의 태도는 어디에서 올까. 자신을 잘 아는 능력에서 온다고 생각한다. 누군가 내 진심을 곡해 없이 받아 줄 때, 내 선의를 세심하게 읽어 줄 때, 누군가에게 작은 도움이 됐을 때, 나는 행복하다. 그래서 이 같은 시간을 자주 만들고자 발을 동동 구르고 눈을 크게 뜨고 다닌다.

좋은 것과 나쁜 것은 언제나 함께 온다. 그중
무엇을 중심으로 내 과거를 이야기로 엮을지는
내 선택이다. 내 이야기에 대한 편집권은
오롯이 나에게 있다.

기업인 제현주

어쩌면 이렇게 나를 괴롭히는 일들이 연타로 찾아올 수 있을까. 항변하고 싶었지만 극심한 후두염으로 아무 말도 할 수 없는 상태가 되었다. 비극적인 일이 몰아쳐 올 때면 습관처럼 자문한다. "내가 잘못한 일은 무엇인가?", "지금 상황에서 내가 해결할 수 있는 일은 있나?" 고민하다 보면 시간이 흐르고 상황은 살짝 달라져 있다. 최악의 한 달을 보낸 후 십년지기 친구를 만났다. 예상보다 내가 멀쩡해 보였는지 친구는 안심한 표정으로 "지금 마음은 괜찮냐?" 물었다. 나는 고개를 끄덕였지만 실은 전혀 괜찮지 않았다. 다만 내가 어찌할 수 없는 일에 대해서는 마음을 내려놓기로 다짐했을 뿐이었다.

"아무리 나쁜 일도 좋은 점이 하나도 없을 수는 없다"는 말이 있다. 90퍼센트 맞는 말 같다. 다시는 마주하고 싶지 않은 한 달을 보내며, 내게 좋았던 일은 전혀 없었는지 따져 보았다. 내 마음이 걱정돼 새벽에 장문의 문자를 보낸 친구, 따뜻한 시구를 메일로 전한 동료, 얼른 건강 추스르고 떡볶이 먹으러 가자며 각종 건강식품을 택배로 보낸 선배까지. 오래도록 잊지 못할 많은 응원을 받았다.

인터뷰가 편집의 예술이듯 내 삶을 기억할 때에도 편집권이 발휘될 수 있다. 무엇을 더 기억할 것인지는 언제나 내 소관이다.

무리하게 자신을 크게 보이려 하지 않는 것이
중요합니다. 동시에 스스로를 값싸게 여겨서도
안 됩니다. 지금 여기에 존재하는 한 인간으로서
나를 있는 그대로 인식하는 것, 바로 그것이
자연스러운 것입니다.

정치학자 강상중

일찍이 독립해 작은 사업체를 꾸린 친구가 신입사원 면접을 **봐**달라고 연락해 왔다. "비슷한 업종도 아닌데 무슨 면접?" 물으니 기자를 상대할 홍보 담당자를 뽑는다고 했다. 거절할 새도 없이 전화를 끊어 버린 친구. 못 하겠다고 문자를 보내려다 약간의 말을 보탰다. "결국 상대에게 호감을 갖게 하는 사람은 자연스러운 사람이더라. 무턱대고 자신을 어필하는 사람보다는 상대의 의중을 헤아리는 센스 있는 사람이 좋을 듯. 그래야 한 번 더 만나고 싶어질 테니까."

사람들은 종종 착각한다. 똑똑한 사람, 재미있는 사람이 인기가 많을 것이라고. 하지만 정작 오랫동안 사랑 받는 사람은 상대를 편안하게 해 주는 자연스러운 사람이다. 그런 사람 곁에 있으면 눈치 싸움 할 필요도 없고 특별히 고자세, 저자세를 취하지 않아도 된다. 스스로 과대 포장하지 않는 사람, 지나치게 겸손하지 않은 사람은 어떤 자리에서도 사람들과 자연스럽게 어울린다.

한 번 만났지만 또 인터뷰하고 싶은 사람을 떠올려 본다. 말주변이 뛰어난 사람? 웃음을 짜내는 솜씨가 수준급인 사람? 결코 아니다. 대화의 강약을 아는 사람, 적당한 정적도 자연스럽게 느낄 줄 아는 사람. 그들에게는 언제나 자연스러운 오라가 풍겼다.

아무리 슬픈 이야기라도 글로 쓰면
위로가 되었다.

작가 강창래

좋아하는 작가가 내게 말했다. "즐거울 때 글이 나오나요? 행복한 사람은 글을 쓸 이유가 없어요." 내가 글을 쓰는 순간을 떠올려보았다. 지금 행복한가? 불금도 못 즐기고 토요일 새벽에 기어코 깨서 몇 줄이라도 적고자 컴퓨터를 켠 나는 행복한가? 내가 쓴 글을 누군가 공감해 줄 때는 행복하지만, 글을 쓰는 지금이 행복하진 않다. 그럼에도 쓰게 되는 의지, 욕망은 무얼까. 아마 위로다. 내 마음을 돌봐 줬다는 의지에서 발현되는 위안.

남편을 찍은 사진으로 책을 펴낸 사진작가를 만난 일이 있다. 그는 사춘기를 겪는 딸 둘을 이해하기 위해 사진을 찍기 시작했는데, 어느 날 남편의 괴로움이 카메라로 들어왔다. 대가족을 위해 매일을 견디고 있던 남편, 목줄에 매인 염소처럼 '서울 염소'가 되어 높은 빌딩으로 출근해야 하는 남편의 뒷모습이 앵글에 잡히자, 아내는 비로소 남편을 있는 그대로 받아들이게 됐다. 작가는 말한다. "위로를 하고 싶어서 사진을 찍기 시작했는데 사랑이 됐다."

어쩌면 글도 비슷한 존재이지 않을까. 나를 위로하기 위해 쓰기 시작했는데 사랑이 된 글. 죽도록 괴로울 때가 있지만, 안 쓰면 더 슬퍼지는 글.

칭찬이든 비판이든 신중하게 하려고 한다.

칼럼니스트 이승한

인물 비평이 점점 어려워진다는 작가를 만났다. 나는 그의 글을 신뢰하는데, 뚜렷한 근거에 의한 상찬과 비판을 하고, 대중의 시선에 벗어난 인물을 자주 조명하기 때문이다. 사람을 신중하게 살피는 나는 '금사빠'를 경험한 적이 없다. 찬찬히 살핀 후 좋아하고, 오래 신뢰할 수 있길 바란다. 너무 자주 상대에게 반하는 사람은 매력 없다. 나는 누구에게나 특별한 존재가 되고 싶다.

공식적인 회의였다. 모인 사람 중 가장 입심이 뛰어난 K가 내가 추천한 인물을 두고 "난 그 사람 별론데"라고 했다. 아무런 이유도 없이. K는 자신이 싫어하는 사람을 공공연하게 빈번하게 밝히곤 하는데, "싫다"라는 감정 외에 근거는 밝히지 않는다. 청중은 궁금증이 나지만 물어보긴 어렵다. K는 보이지 않는 권력을 가진 사람이니까.

어떤 사람에게 호감이 뚝 떨어졌다. 서운해할 만한 일이 있었으나, 그의 쿨한 성격을 알기에 이해하려고 했는데, 대단히 실망스러운 일이 또 생겼다. 주변에 그를 좋아하는 사람이 꽤 많기 때문에 입을 닫고 있었지만, 나는 결국 이야기의 화제로 그의 이름이 나오자 은근슬쩍 싫은 내색을 했다. 별다른 근거도 이야기하지 않은 채. 경솔하다고 판단했던 K와 똑같은 행동을 해 버렸다.

싫어하는 사람을 싫다고 하는 것. 할 수밖에 없는 일이고, 해서는 안 될 일도 아니다. 그러나 괜한 오해가 생길 법한 뉘앙스의 말은 하지 않는 게 좋다. 사람은 언제든 변하기 마련이니까.

잘못했다고 생각하는 선택이 없어요. 그런데 이건 사람의 성향 문제이긴 해요. 저는 여행지에서 어디가 가장 좋았다, 어떤 책이 좋았다, 같은 답변을 잘 못해요. 안 좋았던 것을 빼고는 각각의 의미로 좋다고 생각하는 편이에요.

건축가 오영욱

책을 읽다 흥미롭다고 느끼는 순간은 의외의 문장을 만날 때다. 건축서를 읽는데 왠지 소설 같고 시 같은 문장을 마주할 때, 저자에 관한 궁금증이 밀려온다. 건축가 오영욱의 『변덕주의자들의 도시』를 읽던 중 예사롭지 않은 문장이 눈에 들어왔다. "성공의 유일한 조건은 비굴하지 않은 것" 세상에 비굴하고 싶은 사람이 어디 있을까 싶지만 그것이 성공의 '유일한' 조건이라고? 저자는 분명 자존감이 튼실한 사람이겠다고 예상했다.

서울시 용산구 녹사평대로에 자리한 '우연한 빌딩'. 위층으로 갈수록 평수가 커지는 신기한 건축 사무소에서 오영욱을 만났다. 그는 쑥스러움을 감추지 못하면서도 하고 싶은 말을 숨기지 않는, 타인에게 어떻게 읽힐까를 궁리하기 전에 자기 생각에 충실한 사람이었다. 책에서 느낀 솔직함에 자신감을 더한 인상이랄까. 그는 자신의 책을 읽을 독자를 세 부류로 나눴다. 첫째, 건축이나 디자인을 공부하는 학생. 둘째, 미래의 클라이언트. 셋째, 이미 세상의 소소한 재미를 알고 이를 기꺼이 삶의 중요한 이유로 삼고 사는 사람들. 필시 마지막 독자 군단이 가장 많지 않을까 상상했다.

세계 여행이 흔치 않았던 2003년, 오영욱은 회사를 그만두고 15개월간 15개국을 여행한 뒤 작가로 데뷔했다. 만약 그가 사표를 던지지 않았다면 어떻게 살았을까? 문득 궁금해졌다. "글쎄요. 오랫동안 여행한 일은 제 인생에서 굉장히 소중한 경험이지만 특별히 더 소중했다고 여기진 않아요. 덕분에 여행작가가 되었지만, 인생을 조금 더 관대하게 바라본다면, 인생의 모든 순간은 다 의미 있지 않을까요? 전 이런 생각으로 살고 있어요." 그는 실로 멋진 태도로 일상을 꾸리는 사람으로 보였다. 어떤 일을 겪어도 나름의 의미를 찾아낼 수 있는 현명함. 배우고 싶었다.

친절은 마인드의 문제가 아니라 몸의 문제라는
생각을 많이 한다.

버스기사 허혁

추천사에 홀려 불쑥 손에 잡은 책 『나는 그냥 버스기사입니다』. 버스기사의 책이니 일부러 출근길 버스에서 읽었는데, 웬일인지 급정거 한 번 없이 한 시간을 달려 회사에 도착했다. 기사님이 책 제목을 보셨나? 나는 꽤 뒤에 앉아 책을 읽었는데. 이날의 사연을 SNS에 올렸더니, 독자 한 분이 "저도 오늘 버스에서 책을 읽었는데 실패했어요. 멀미 나서 힘들었어요"라고 했다. 아마 그분은 오후 시간 때가 아니었을까? 나는 오전 6시 40분에 승차했으니, 기사님의 컨디션이 비교적 좋을 때였다.

저자 허혁은 말한다. "오전에는 선진국 버스기사였다가 오후에는 개발도상국, 저녁에는 후진국 기사가 된다." 내 하루에 접목시켜 본다. 열심히 친절하게 일해 보자고 출근했는데, 온갖 무례한 경우를 보고 갑질을 당하면 끝끝내 불쾌한 기분을 표출하게 된다. 티 나지 않는 잡무를 챙기다 보면 눈은 뻑뻑해지고, 참다 참다 누군가 내 신경을 거슬리는 말을 하면 기어이 폭발. 오전에 따뜻했던 내 마음은 사라진 지 오래다. 육아할 체력을 20퍼센트 정도 남겨야 하는데, 외근이라도 있는 날에는 녹초가 된다. 아이 앞에서 힘든 모습을 보이긴 싫으니 있는 힘껏 웃어 보지만, 한 시간도 채 지나지 않아 빨리 씻고 자자고 아이를 채근한다. 몸의 문제다.

"대한민국 모든 감정 노동자의 가슴에 명찰 대신 '감정 표시등'을 달아 주는 상상을 해 본다"는 저자의 문장이 기억에 깊이 남는다. 사람은 열악한 조건을 마음의 힘으로만 이겨 낼 수 없다. "물리적인 한계를 이해해야 한다"는 저자의 말 속에는 내 옆에 있는 사람들의 사연이 들어 있었다.

우리는 무언가 알려 주려는 사람에게
호감이 간다. '저 사람이 나를 대접해 주는구나'
이런 마음이 들 때 행복하게 일한다.

작가 강원국

직장인 여럿이 모인 자리였다. 상사를 주인공으로 둔 성토대회가 열렸는데, 다들 한 끗발 하는 캐릭터 집단이었다. 50대 중반을 향해 가는 S 씨는 탁월한 커뮤니케이션 능력이 있는 사람. 그런 S 씨도 커뮤니케이션에 문제가 있을 때가 있는지 "일하면서 가장 화날 때가 언제인지 알아요? 공유를 안 해 주는 사람을 볼 때예요. 왜 혼자만 알고 있는 거죠? 까먹은 건지 일부러 그러는지 도대체 알 수가 없어요"라며 투덜댔다. 나는 시시콜콜한 내용도 너무 공유해서 탈인 캐릭터라 조금 자제해야 하나 싶었는데, 그러지 말기로 마음먹었다.

함께 일하는 입장에서 공유는 일종의 배려다. 아무런 예고 없이 일만 휙 던져 주는 사람은 오래 신뢰하기 어렵다. 피드백 또한 마찬가지다. 상대가 알고 있으려니 착각하지 말아야 한다. 사람들은 의외로 모른다. 말하지 않으면.

사람과 관계 맺음에 있어 나는 여러 취미가 있는데, 그중 하나가 바로 칭찬 전달하기. A가 B를 칭찬하면 나는 B에게 꼭 전한다. 전하길 기대하지 않았더라도 나는 칭찬 메신저가 되는 일이 기쁘다. 오늘은 디자이너 한 분이 사진 기자 C의 사진이 가장 좋다고 칭찬을 하길래, 사진 기자에게 메일을 보내면서 살짝 귀띔했다. 하루 5분이라도 유쾌하게 일했으면 하는 바람으로.

잘 잃어버리는 것이 중요하다.

정신분석학 박사 이수련

"사람에게 받은 상처는 잘 지워지지 않아요. 아니 결코 지워질 수 없어요." 한 심리치료사의 말이다. "노력하면 어느 순간 기억이 옅어지지 않을까요?" 물으니 "그래도 수시로 튀어나오는 게 관계에서 받은 상처"라고 했다. 칭찬을 오래 기억한다면 좋으련만, 나는 비판과 비난을 곱씹는 매우 안타까운 캐릭터다.

오래전 한 직장 상사가 내게 "이 일을 당신만이 할 수 있다고 생각하지 말라"고 말했다. 나만 할 수 있는 일이라는 게 세상에 존재하나? 다만 현재 상황에서 최선을 다할 뿐인데. 그는 늘 결정적일 때 공을 앗아 갔다. 성과를 어필하라고 채근해서 지시를 따르면 귀를 닫았다. 하루는 임원진과 의견 충돌이 생겼다. 실무자인 내 반박은 타당했으나 아무도 내 편에 서지 않았다. 동료들에게 왜 동조하지 않았느냐고 물으니, 큰불 먼저 꺼야 하지 않겠냐며 내 상처는 아랑곳하지 않았다. 그날의 날씨, 회의실에서 서로가 앉은 자리까지 모두 기억난다.

왜 나는 기억력이 좋게 태어났나. 시시콜콜한 일을 왜 이리 오랫동안 상기하나. 어찌해야 하나 고민하던 찰나, 소설가 권여선 산문집 『오늘 뭐 먹지?』를 읽었다. 작가는 순댓국을 좋아한다. 하루는 혼자 식당에 들어가 소주 한 병과 순댓국을 시켜 먹는데, 순댓국집 단골인 늙은 남자들의 의뭉스러운 시선이 쏟아진다. 작가는 말한다. "자기들은 해도 되지만 여자들이 하면 뭔가 수상쩍다는 그 불평등의 시선은 어쩌면 '여자들이 이 맛과 이 재미를 알면 큰일인데' 하는 귀여운 두려움에서 나온 것인지도 모른다." 불쾌한 시선을 귀여운 두려움으로 치환하는 성숙이라니. 입가에 웃음이 떠나지 않았다. 작가는 그렇게 생각하면 "두려움에 떠는 그들에게 메롱이라도 한 기분"이라며, 불굴의 의지를 드러낸다. 진실로 탐나는 삶의 태도다.

세상을 자세히 보다 보면 할 말이 많아진단다.
자기 삶이 자세히 보이게 된다. 그 일상을
구체적으로 쓰면 글이야. 그리면 그림이지.

시인 김용택

사진을 좋아하는 남편 SNS에 슬쩍 들어갔다. 자기만의 감성이 가득 밴 사진을 보고 있으니 웃음이 났다. 문장을 짧게 쓰면 더 멋질 텐데 싶지만, 그냥 지켜본다. 내가 보고 있다는 말도 굳이 하지 않는다. 며칠 전 작가 인터뷰를 하다 글 쓸 때 가장 중요한 게 무엇인지 물었다. 작가는 "개성"이라 했다. 자기만의 색깔이 있어야 한다는 뜻이다. 나는 군더더기, 양념이 가득 든 문장을 싫어해서 너무 건조하게 쓴다는 평을 많이 들었다. 사회 초년생 때 사수가 "야, 글 좀 끈적끈적하게 쓸 수 없냐?"라고 해서, 속으로 '난 그런 글은 쓰기 싫어요' 속삭였다.

회사 일과 나를 홍보하고자 각종 채널에 짧은 글을 남긴다. 페이스북은 가장 사적인 공간, 주로 대면한 사람과 친구를 맺고 자유롭게 쓰고 싶은 글을 쓴다. 글감이 될 만한 책 속 글귀도 자주 올린다. 나만 보기 아깝기 때문이다. 인스타그램은 사진이 주가 되는 공간이라 뒤늦게 시작했는데, 은근히 글을 깊게 살피는 사람이 많다. 좋은 책 리뷰(또는 예쁜 책 리뷰)와 일상을 매우 가볍게 올리고 있는데 책 취향이 맞는 친구를 조금 사귀었다. 내가 리뷰를 올리면 정말로 책을 사서 읽었다며 고맙다는 메시지를 보내오기도 한다. 근래에 회사에서 운영하는 블로그도 시작했다. 블로그 사용자와 웹진 독자의 교류를 위한 시도인데, 여기에서 나는 그야말로 친절, 고객 사랑 마인드다. 내가 이렇게 따뜻하게 글을 쓸 수 있나? 새삼 놀란다.

"글 쓰는 게 일이면 지치지 않아요?", "어떻게 그 많은 채널에 각기 다른 글을 올릴 수 있어요?"라는 이야기를 이따금 듣는다. 할 말이 이렇게 많은 내가 나도 신기하다. 오래전 "하루에 딱 세 줄만이라도 써 보세요"라는 말을 들었다. 일로 쓰는 글 말고, 스스로 정말 쓰고 싶은 이야기. 딱 세 줄씩 6개월을 썼더니 내 마음이 보였다. 진짜 하고 싶은 이야기가.

행복해 본 사람은 안다. 행복이 아닌 것을 행복이
아니라고 부를 수 있는 것 또한 용기임을.
그래서 뚜벅뚜벅 걸어 나올 수 있음을. 불행에
익숙해지는 걸 노력으로 믿지 않아야 함을.
행복은 창의롭고 용감한 이들의 몫이란 걸.

작가 이서희

064

명언집을 선물 받았다. 아직도 이런 책이 나오는구나 싶어 조금 놀랐다. 외국의 저명한 인사, 위인의 잠언이 가득했다. 나도 한 번쯤 스치면서 읽었던 문장이 꽤 나왔다. 동의가 우러나오는 글은 많지 않았다. 내가 듣고 싶은 이야기, 하고 싶은 말은 분명하다. 내 옆에서 사는, 굉장히 평범하다고 여겨지는 사람의 이야기, 투박하게 전해져 나오는 진심에 마음이 간다.

출근길, 마음이 몹시 너덜너덜했다. 어제 들은 날카로운 한마디가 영 잊히지 않았다. '본심은 그게 아닐 거야' 여러 번 자위했시만, 그는 내게 칼날 같은 말을 자주 했다. 그가 자신의 마음을 전하는 데 서툴다는 것을 익히 알지만, 삼세번이 넘어가니 나도 따뜻한 반응이 나오지 않는다. 불쾌한 이 마음을 어떻게 바꿔 볼까 궁리하다, 내게 좋은 마음을 주는 사람들에게 더 따뜻한 말 한마디를 건네기로 마음먹었다.

"어제 그 글 읽었는데 엄청 좋던데요?", "실장님, 오늘 사진은 특히 좋네요.", "작가님, 이런 문장은 어떻게 쓰는 거죠?" 평소보다 약간 호들갑을 떨면서. 하지만 진심은 고스란히 잘 드러내면서. 상대의 웃는 모습을 떠올리니 나는 행복을 쟁취한 용감한 사람이 되었다.

어떤 말은 간단해도 아주 힘이 셌어.

그림책 작가 피터 레이놀즈

책 취향이 비슷한 지인에게 그림책을 소개받았다.『단어수집가』. 이 책을 읽으며 두 번 울었다며 "꼭 보세요. 너무 좋아요"라고 했다. 울었다는 말이 없었다면 내가 읽어야 할 책 열 번째 정도에 꽂아 뒀을지 모른다. 서둘러 책을 읽다 한 장면에서 눈이 멈췄다. "어떤 말은 간단해도 아주 힘이 셌어. 괜찮아. 미안해. 고마워. 보고 싶었어." 어려운 단어 하나 없는 이 문장을 천천히 꼭꼭 씹어 먹듯 읽었다. 간단해도 힘이 센 말, 내가 좋아하는 문장의 특징이었다. 이 그림책, 혼자 알긴 너무 아까워 팟캐스트에 소개했다. 호들갑 떨며 책을 소개한 탓인지 구입해 읽었다는 리뷰가 속속 올라왔다. 소개한 사람 입장에서는 정말 힘센 반응이었다.

힘들어하는 친구에게 메일을 한 통 썼다. 써야 한다는 알 수 없는 의무감, 응원하는 이 마음을 꼭 전해야겠다는 어떤 결기와도 같은 심정이었다. 서둘러 내 눈물이 마르기 전에 메일을 썼다. 평소답지 않게 구구절절 긴 메일이었다. 잘 쓴 문장보다는 지금 내 마음을 고스란히 전하고 싶었다. 30분이나 지났을까, 친구에게서 답장이 왔다. 외출하는 길에 급히 답장을 쓴다며, "지금의 이 마음을 전하고 싶어서"라고 했다. 쭉 읽는데 한 문단에서 익숙한 문장이 보였다. "알잖아, 우리는. 어떤 말들은 힘이 세다는 것을!"

친구를 위로하겠다고 메일을 썼는데, 내가 더 큰 위로를 받았다. 어쩌면 내가 위로받고 싶어 쓴 메일일지도 모르겠다고 생각했다. 한 편의 시 같은 답장을 그날 여러 번 읽었다. 친구가 "고마워" 다음에 보낸 문장은 "많이 고마워". 간단해도 힘센 말이었다.

책에 너무 과도한 의미를 부여하지 않아요.

뇌과학자 정재승

인터뷰하러 가기 전, 종종 주위 사람에게 묻는다. "이 작가에게 궁금한 점 뭐 없어? 내가 물어봐 줄게." 깜깜무소식. 사람들은 생각보다 타인에게 궁금한 게 없다. 어떤 이를 좋아한다지만 궁금한 건 별로 없다. 나로서는 매우 신기할 따름이다. 좋아하는데 어떻게 궁금한 게 없지?

뇌과학자 정재승을 인터뷰하러 가는 날, 블로거들에게 물었다. "혹시 박사님께 궁금한 질문 있나요?" 한 블로거가 댓글을 달았다. "박사님의 인생 책 세 권이 궁금해요." 앗, 나는 이미 다른 기사에서 그가 꼽은 책을 보았는데. 그래도 최근에는 달라졌을지 모르니 물어보았다. 정재승은 집에만 2만여 권의 책이 있다고 했다. 책을 위한 집이라고 해도 무방할 정도의 장서. 어떤 책을 소개할지 궁금해 귀를 쫑긋 세웠는데, 예상 밖의 대답이 나왔다.

"책에 너무 과도한 의미를 부여하지 않아요. 어떤 사람이 인생을 바쳐서 쓴 역작이어도 내겐 시큰둥한 책일 수 있어요. 어떤 책이 때때로 내게 다르게 다가오는 건, 내가 계속 바뀌고 있기 때문이지 책 자체가 어떤 완결된 훌륭함을 갖고 있어서 감동을 주는 건 아닌 것 같아요."

책 한 권을 만나 인생이 달라졌다는 이야기는 많이 들어 봤어도 책에 큰 의미를 두지 않는다는 이야기는 처음이었다. 하나 곱씹을수록 맞았다. 어떤 통로가 될 따름이지, 내 인생을 바꿨다고 말할 만큼의 책이 과연 존재하나? 그저 무언가에 의미를 두고 싶은 내 욕심이 아니었을까? 사람은 결코 쉽게 변하는 존재가 아니라는 걸, 우리는 너무 잘 알고 있지 않나?

친구가 된다는 것은
타이밍의 기술을 아는 것과 같다.

소설가 글로리아 네일러

메일을 쓰고 싶어서, 문자를 보내고 싶어서 손이 간질간질할 때가 있다. 주저리주저리 쓰다가 지우고, 또 쓰다가 지우고, 결국 보내지 않는다. 끝끝내 궁금한 걸 참은 내가 몹시 훌륭해 박수를 친다. 나는 왜 이렇게 참았을까. 상대가 말하고 싶어 하지 않을 때, 묵묵히 묻지 않아야 좋은 관계를 유지할 수 있기 때문이다.

잡지 마감일, 원고 재촉 문자를 돌리고 있는데 한 필자에게 생뚱맞은 글이 왔다. 아무런 사전 협의, 양해도 없이 주제를 바꿔 글을 보내왔다. 사정이 있었다는 문장 한 줄만 있을 뿐, 어떠한 설명도 없는 메일이었다. 일을 왜 이렇게 하나 싶어 문자를 보냈더니 그래도 되는 줄 알았다는 말만 달랑, 어디에도 미안하다는 말은 없었다. 어떻게 반응할지 고민하다, 내가 어떤 말을 해도 사태의 심각성을 모를 것 같아 아무 말 하지 않았다. 그랬더니 다음날 원고를 수정해서 보내왔다. 역시 사과는 없었다. 내가 당신 때문에 몇 시간을 피로하게 보냈는데 입을 싹 닫다니. 그저 앞으로 말 섞을 일이 없길 바랄 뿐이다.

흥분한 마음을 추스르고 있는데 이번엔 또 무개념 캐릭터가 내게 말을 건다. 역시 어이없는 말을 쓱쓱 내뱉길래 묵묵부답하면서 살짝 째려봤더니, 냉큼 죄송하단다. 네게 사과를 해도 전혀 자존심이 상하지 않는다는 맹랑한 표정으로. 받아 줘야 하나 말아야 하나 또 망설이다 3초간 눈을 지긋이 바라봐 주었다.

『쿨하게 사과하라』에서 저자는 "사과의 타이밍이란 결국 상대방의 감정에 대한 배려에서 시작된다"고 말한다. 사과는 무조건 빨리 한다고 좋은 게 아니다. 상대가 마음을 받아 줄 타이밍을 생각해야 한다. '옜다 받아라' 같은 성급한 사과는 안 하느니만 못하다.

우리 좀 가벼웠으면, 즐거웠으면 좋겠어요.

여성학자 박혜란

인생을 오래 산 분들을 만나면 공통적으로 하는 이야기가 있다. "앞으로 가볍게 살 거다." 그것이 자신에게 유익함을 알기 때문이다. 어려서부터 너무 가벼이 살면 안 되겠지만, 이건 정답이다. 매사 무게 잡고 진지하게 사는 인생, 재미없고 버겁다.

젊은 엄마들의 멘토로 불리는 여성학자이자 『오늘, 난생처음 살아보는 날』의 저자 박혜란을 만났을 때 물었다. "30, 40대 젊은 엄마들을 볼 때, 언제 가장 안쓰럽나요?" 그는 "애 키우는 일에 지나치게 목숨을 걸 때, 목숨을 거는 것도 좋은데 너무 비장해서 안쓰럽다"고 말했다. "쓸데없는 정보에 휘둘리니까 엄마 노릇에 자신이 없어 자기 능력의 120퍼센트를 아이 키우는 데 쓴다"고 했다. '비장'이라는 말에 나는 털썩 주저앉아 버렸다. '비장하다'의 뜻을 찾아봤다. "슬프면서도 그 감정을 억눌러 씩씩하고 장하다." 결론은 좋은 뜻인데 수식하는 말들이 너무 슬펐다. '억누르다'도 찾아보았다. "어떤 감정이나 심리 현상 따위가 일어나거나 나타나지 아니하도록 스스로 참다." 비장은 육아를 할 때, 품어서는 안 될 단어라고 결론지었다.

한 가수가 청춘을 대상으로 한 강연에서 "오늘 마실 아메리카노를 내일로 미루지 말자"고 했다. 오늘 내가 원하는 것을 굳이 내일로 미뤄서 행복을 절감시키지 말라는 뜻이었다. 이 말이 여러 차례 회자되자, 현장에 없었던 일부 대중은 돈이 없어 아메리카노를 못 사 먹는 청춘은 어찌하냐며 화를 냈다. 모든 말에 비장하게 과도하게 의미 부여하는 사람들의 반응이었다.

가벼이, 가벼이 살려고 오늘도 노력한다. 내가 즐거워하는 일이 무엇인가, 나는 어떤 사람을 만날 때 행복한가, 어떤 이야기를 전할 때 좋은가를 곱씹는다. 최소한 비장하지는 않게, 옆 사람과 어느 정도 경쾌하게 템포를 맞추고 싶다.

마음의 체력이 먼저다.

여행작가 오소희

육아서는 일부러 덜 본다. 줏대 없는 성격은 아니지만 과도한 정보가 불러오는 참사를 피하려는 나름의 전력이다. 정말 신뢰할 만한 책만 꼭꼭 씹어 읽는다. 모든 말에 수긍하지 않고 저자의 말에 의문이 생기면 물음표를 던진다. 느낌표와 밑줄이 많다고 꼭 좋은 책이 아니다.

여행작가 오소희가 쓴 『엄마 내공』을 읽었다. 이 책 하나면 육아는 문제 없겠다 싶을 정도로 마음에 쏙 들었다. 내가 품고 있는 육아 방향과 이렇게 일치하는 책은 오랜만이었다. 저자가 염두에 둔 독자는 "험난한 경쟁 사회에서 내 아이가 가장 빨리 달리길 원하는 엄마가 아닌, 이 치열한 경쟁 판에서 좀 더 인간답게 살고자 하는 엄마"다. '혼자 살면 무슨 재민겨'를 아는 엄마, 아이에게 이 재미를 알려 주고 싶은 부모에게 하고 싶은 이야기가 담겼다. 작가는 말한다. "아이는 자신의 놀이 대상만큼 큰다. 그러니 무조건 데리고 자연으로 가라." 키즈 카페 같은 세팅된 공간에서만 놀면 놀이에 뻔한 정의를 심어 줄 뿐이라고. "사교육이 말하는 건 배움이 아니라 시험이다. 아이는 아직 시험 칠 나이가 아니"라는 작가의 말에 나는 마음을 고쳐먹었다. 엄마의 정보력이 아이를 키운다는 세상의 말에 반기를 들고 싶어졌다.

"놀지 않는 아이는 앞으로 맞닥뜨리게 될 미친 학력 요구를 버틸 마음의 체력이 키워지지 않아요. 자기주도적으로 공부하라고 말할 게 아니라, 엄마 스스로가 자기주도적으로 공부할 준비가 되어 있어야 해요. 우리가 공부해야 할 건 행복해지는 법이에요. 엄마가 먼저 생을 즐기는 모습을 보여 줘야 아이도 행복하게 자랍니다."

곧 초등학생이 되는 아들을 두고 이제 슬슬 예체능을 가르쳐야 하지 않나 고민하다가, 얼른 내가 읽고 싶은 책들을 잔뜩 주문해 버렸다.

상대의 마음에 있는 수많은 가능성 중
무엇을 끄집어내 내 것과 만나게 할 것인가는
전적으로 내 의지와 노력에 달렸다.

소설가 정아은

"유명한 사람을 그리 많이 만나니 얼마나 좋아요?" 사람들은 내 속도 모르고 약간의 질투 섞인 말들을 내게 늘어놓는다. '인터뷰이의 두 얼굴'이라는 다큐멘터리를 제작한다면 나는 꼭 투자하고 싶은데, 아마도 그런 작품은 나오지 않을 것 같으니 내가 만들어야 하나? 때때로 저자 뒷담화를 해 달라는 사람이 있다. 뒷담화란 얼마나 짜릿하며 재미있는 일인가. 상대가 신뢰도 90퍼센트 이상이라면 "이건 팩트"라는 사설을 붙이고 입을 열 때가 있으나, 신뢰도 50퍼센트 이하인 사람을 마주할 때 나는 입을 꾹 닫는다.

책도 사람도 별로인 저자를 만나야 했다. 나는 그에게 들어야 할 이야기가 무척 많은 상황. 입에 발린 소리를 너무 못 해서 오해받는 나지만, 인터뷰라면 다르다. 기어코 상대의 장점을 찾아 내가 물어야 할 것들을 포기하지 않는다. "그걸 어떻게 알고 있어요?"라고 반응할 만한 정보를 은근슬쩍 던지면, 인터뷰이는 곧장 무장해제되었다는 신호를 보낸다. 이야기는 술술 풀린다.

나와 아무리 맞지 않는 사람이라도 장점이 하나도 없을 수는 없다. 내가 애써 안 보고 싶을 뿐, 인정하고 싶지 않을 뿐이다. 누구나 자신의 장점을 발견해 주고 말해 주는 상대를 좋아한다. 누군가의 좋은 구석, 사람들이 잘 알지 못하는 면모를 찾아 주는 일. 그것은 나에게도 타인에게도 이로운 일이다.

마음 깊이 우러나오는 존중도 아름답지만,
때로는 정말 싫은 마음을 완벽하게 숨기기 위해
최선을 다하는 일도 아름다운 존중이다.

영화감독 이경미

불편한 사람이 있다. 나는 왜 그가 불편할까. 그에게서 내가 좋아하지 않는 태도를 자주 목격했기 때문이다. 하지만 그를 싫어하는 마음을 표현하지 않기 위해 최선을 다한다. 은연중 눈치챌까 싶어 되도록 살갑게, 태연하게 대한다. 100퍼센트 티가 나지 않긴 어려울 거다. 나는 인간이다.

동료를 만났다. 인터뷰를 막 마치고 온 그는 내게 말했다. "어떻게 가장 호의를 보여야 하는 인터뷰 자리에서도 이렇게 무례할 수 있죠? 제발 착한 척이라도 했으면 좋겠어요. 착하지 않더라도 말이에요." 할 말을 잃었다. 착한 '척'이라니. 솔직함이 최고의 매력으로 여겨지는 세상 아닌가? 하지만 솔직함이 매력으로 보일 수 있는 건 예의를 바탕으로 표현될 때다. 타인을 불편하게 하는 솔직함은 무례가 아닌가? "나는 좀 못됐어요"라고 말하는 사람을 만날 때마다 나는 종종 생각했다. '알긴 아시는군요?'

착함이 매력 없음으로 표현되는 시대가 나는 무척 떨떠름하다. 배려가 자신감 없음으로 받아들여지는 시대가 매우 불쾌하다. 선 긋기 기술이 아니라 선 넘기 기술의 탄생이 보고 싶다.

아이와 함께 '시인의 감성과 시민의 감각을
지니고 시시한 일상을 잘 가꾸며 사는 사람'으로
커 나가고 싶어요. 무엇보다 위대한 사람이
되려는 욕심보다 요리나 청소 같은 삶의 작은
단위부터 잘 가꿀 줄 아는 사람이 되고 싶습니다.

시인 서한영교

사람에 관심이 많으니 어떤 인터뷰도 흘려 읽지 않으려고 한다. 내가 아는 사람이라면 더욱 챙겨 읽고, 평소 궁금했던 사람이라면 일부러 찾아 읽곤 한다. 책 속에서 발견하는 문장도 좋지만, 내가 더 관심을 기울이는 건 한 사람의 입말을 통해 전달되는 이야기다. 또 아이가 커 가면서 생긴 하나의 습관은 인터뷰이가 부모 입장에서 하는 말을 눈여겨보게 된 것. 귀담아 들을 만한 이야기가 없을까, 깊이 생각해 봐야 할 이야깃거리를 놓치고 있지 않을까 면면히 살핀다.

내가 밑줄 긋게 되는 문장은 삶의 철학이 깃든 한마디다. 너무나 평범해 보이지만, 삶을 깊이 보는 사람이 아니라면 절대 할 수 없는 그런 말들. 오늘도 잡지를 보다가 시인 서한영교의 인터뷰 속 한마디가 눈에 걸렸다. "시시한 일상을 잘 가꾸며 사는 사람", "요리나 청소 같은 삶의 작은 단위부터 잘 가꿀 줄 아는 사람"에 밑줄을 긋고 나도 그런 사람이 되고 싶다고 생각한다.

인생의 의미는 거대한 사건만으로 만들어지지 않는다. 작은 사건들이 퇴적되어 삶의 의미를 만들어 나간다. 오늘 내가 한 생각과 말, 들은 말들로 내 인생이 꾸려진다.

겉으로 보면, 무관심한 사람으로 보일 수 있지만
띄엄띄엄 관심을 갖고 싶진 않다.

사회학자 노명우

누구에게도 아군이고 싶은 사람이 있다. 어떻게 만인이 저리 다 좋을까, 나는 그를 보면서 늘 놀라워했는데 이제 나만 놀라는 것 같지 않다. 사랑이 많아 두루 관심을 베푸는 줄 알았는데, 오래 지켜보니 그는 깊은 관계 맺기를 꺼린다. 상처받지 않고 상처 주지 않으려는 최소한의 마음, 서서히 주변인도 눈치채기 시작한다.

나는 오래 지켜보고 천천히 좋아지는 관계가 좋다. 냉정한 첫인상을 준다 해도 내 마음을 굳이 크게 포장하고 싶지 않다. 내 애정을 불특정 다수에게 주고 싶진 않으니까, 책임지지 못할 애정은 타인에게 괜한 기대만 안길 뿐이다.

사회학자 노명우는 "남에 대해 띄엄띄엄 관심을 갖는 사람들이 많다. 나는 타인에 대한 관심에는 조심하는 편이다. 내가 정말 좋아해야 관심을 갖는다. 다른 사람에게 관심을 갖는 건 함부로 할 수 있는 것이 아니다"라고 말했다.

참견과 관심을 구분하지 못하는 사람들이 있다. 자신의 관심을 지나치게 확대하고, 집요하게 반응을 요구한다. 몇 번 찔러봤는데 반응이 없으면 쉽게 토라진다. 마음을 열 준비조차 되어 있지 않은 사람에게 혼자 다가갔다가 기겁하고 돌아선다. 내 감정에 확신이 없는 사람의 주된 특징이다.

삶이 거짓이 아니라면 강연은 가짜가 아니죠.

성교육 전문가 손경이

이제 막 첫 책을 펴낸 저자를 만나 물었다. "강연 요청이 오면 하실 건가요?" 절대 안 한단다. 강연은 가짜라서. 순간 저자에게 호감이 불끈 솟았다. 나는 왜 이렇게 강연을 싫어할까? 과장된 강연자의 말투와 몸짓, 마치 커다란 진리를 깨달은 양 감격스러운 표정을 짓는 청중이 미덥지 않아서다. 어떻게 나와 특별한 관계 없는 타인의 말에 순식간에 동화될 수 있을까, 내겐 풀리지 않는 숙제였다.

연 500회 이상 강연을 하는 성교육 전문가 손경이를 만나러 갔다. 내가 진행하는 인터뷰가 아니었음에도 강연은 가짜라는 평가를 어떻게 생각하느냐는 질문을 꼭 하고 싶어서 굳이 배석했다. 인터뷰가 중반에 다다랐을 무렵 조심스레 물었다. 그는 조금의 불쾌한 표정 없이 답했다. "일관성이 부족해서죠. 이중성 때문이에요. 강연장 안과 밖의 삶이 같으면 가짜일 수가 없어요."

그간 숱하게 들은 강연을 그저 잘 포장된 기념품으로 여겼다. 청중의 목적과 취향을 분석해 인공감미료를 적절히 배합한 하나의 상품. 강연자의 과장된 몸짓과 억양이 미덥지 않았다. 편견으로 바라보니 그들 말에서 진정성을 발견할 수 없었다. 강원국 작가는 "천 번이 넘는 강연을 했는데 '오늘은 잘못 왔다'고 생각한 적이 없다"고 말했다. 한 명이라도 내 이야기를 경청하면 그것만으로 얼마나 기쁜지 모른다고. 나를 표현하고 인정받는 즐거움, 누군가에게 영향을 끼치는 즐거움이 한꺼번에 온다고 했다.

그제야 강연에 대한 오만한 판단을 버렸다. 마음을 주지 않겠다고 미리 작심해 놓고 강연자를 바라봤던 내 태도가 한심해졌다. 내 마음이 열리지 않는다고 그들이 가짜를 말하는 건 아니었다.

저자로서 바라는 것은 제 책이 다른 책으로
가는 다리가 됐으면 하는 거예요.

광고인 박웅현

책을 주제로 이야기 나눌 때, 가장 꺼려지는 상대는 한 해에 300권 정도 혹은 그 이상을 읽는다고 굳이 면전에서 말하는 사람이다. 나보고 어쩌라는 건지, 감탄과 찬사의 눈빛을 은근히 기대하는 상대에게 나는 최대한 예의를 차린 말투로 "정말 대단하세요"라고 말한 후 속으로 비꼬기 시작한다. '그런 건 그냥 일기에나 쓰시는 겁니다. 말로는 하지 마시고요. 제가 궁금한 건 당신이 읽은 책의 권수가 아닙니다. 책을 통해 얻은 깨달음, 변화, 태도 같은 것이죠.'

독일 철학자 쇼펜하우어는 "다독은 인간의 정신에서 탄력을 빼앗는 일종의 자해다. 압력이 너무 높아도 용수철은 탄력을 잃는다"고 했다. 『다시, 책은 도끼다』를 쓴 광고인 박웅현은 이를 "주체적인 사색 없이 모든 걸 책에 의지해서는 안 된다"고 해석했다. 매일매일 자기가 읽은 책 목록을 SNS에 올리는 사람을 볼 때마다 기겁한다. 독서의 백미는 되새김질인데, 다독은 좋지만 여기에 속독까지 더해진다면 오래 기억에 남을 책이 없을 텐데.

책을 잘 읽으려고 노력하는 사람은 말한다. "추천 도서 목록 같은 건 애당초 만들지 말아야 한다"고. 남이 읽어서 좋았던 책이 나에게도 항상 좋을 리는 만무하다. 괜히 상대의 취향에 맞지 않는 책을 추천했다가 오히려 책에 거리감만 생기게 할 뿐, 불특정 다수에게는 책 추천을 하지 않으려고 한다는 사람을 나는 신뢰한다.

책을 소개하는 책, 독후 생활을 담은 책이 많이 나온다. 그들은 왜 책 이야기를 하는 걸까. 공유해야 할 것 같은 어떤 즐거운 의무감? 뭐니 뭐니 해도 '다리'가 되고 싶은 욕망이 가장 크지 않을까? 저자를 인터뷰하는 일도 다르지 않다. 인터뷰어로서 가장 바라는 것은 이 저자의 책을 읽어 볼까 하는 생각을 갖게 하는 일, 작은 통로가 되어 주는 일이다.

경험이 언제나 좋은 해석이나 결과를
주는 건 아니에요.

소설가 편혜영

풍부한 경험치로 글을 쓰는 작가가 있고, 오래 곱씹어 생각하고 창작물을 만드는 작가가 있다. 경험을 중시하는 사람은 현장을 자주 들여다보려고 애쓰고, 사고형 창작자는 하나의 주제를 거듭 탐구하며 글을 써내려 간다. 무엇이 좋고 나쁨은 없다. 나에게 맞는 방법만 있을 뿐. 선택은 온전히 글쓴이의 몫이다.

누군가 첫사랑과 결혼했다고 이야기할 때, 사람들의 반응은 판이하게 나뉜다. '이별의 고통을 겪지 않아서 좋았겠어요, 당신은 행운아시네요' 대 '아까운 청춘을 어떻게 한 사람에게만 쓰셨나요, 사랑의 쓴맛을 모르시겠군요'. 둘 중 하나를 선택한다면 나는 물론 전자다. 첫사랑과 결혼한 인생을 꿈꿔 본 일은 없으나, 다수와 연애해 본 삶이 반드시 더 행복하리라곤 상상되지 않는다. 여러 유형의 사람과 교제했다고 모두가 성숙해진다는 법은 없다.

"제가 경험이 많이 없어서요." 이 말은 더 이상 핑계가 될 수 없다. 우리는 초심자가 더 많은 결실을 얻는 장면을 너무 많이 목격했으니까.

뭘 써도 길고 장황한 사람이 있다. 죄악이다.

출판평론가 표정훈

출판평론가 표정훈의 페이스북을 보다가 '사이다' 같은 문장이라고 생각해서 저장했다. 장문으로 말하고 쓴다고 어찌 죄악이라고까지 말할까 싶지만, 글을 곰곰 따져 읽자. "뭘 써도"다. 무조건 짧게 쓰고 짧게 말하라는 게 아니라, 항상 길면 그건 문제라는 뜻이다.

인터뷰 기사를 읽다가 한숨이 푹푹 나올 때가 있다. "저기요 기자님, 이렇게 길게 쓰면요. 아무도 안 읽어요. 보다가 휴대폰 꺼버립니다. 그렇게 시시콜콜 다 쓰려고 하면요. 결국 남는 게 없어요. 인상적이었던 이야기도 결국 다 날아가 버립니다. 스크롤만 내리다가 끝나요. 부디, 내가 궁금한 것 너머 독자가 궁금할 이야기를 생각해 주세요. 이 책을 안 읽고 기사를 읽는 독자가 훨씬 많거든요? 가독성도 좀 생각해 주시고요. 저자를 취조하신 거 아니잖아요. 그렇게 녹취만 진탕 풀어놓으시면요. 읽으라는 건지 말라는 건지 도통 모르겠어요. 물고기 열 마리 잡으려다 한 마리도 못 잡은 꼴입니다."

확신이 없으니 말이 많아지고 글이 길어진다. 군더더기 없는 사람을 우리는 얼마나 좋아하는가. 글도 마찬가지다. 플랫폼을 파악하고 독자를 분석해야 한다. 기사를 소설처럼 쓰면 안 된다. 웹 독자가 읽는 건 웹 플랫폼에 맞게, 종이 잡지 독자가 읽는 건 종이책 호흡에 맞게 써야 한다. 이것도 일종의 청자나 독자를 배려하는 태도다.

독자가 건네는 말에 쉽게 행복해지거나
쉽게 불행해지지 않도록 나는 더 튼튼해지고
싶다. 나약하지 않아야 자신에게 엄격할 수
있기 때문이다. 가끔 휘청거리면서도 좋은
균형 감각으로 중심을 찾으며 남과 나 사이를
오래 걷고 싶다.

작가 이슬아

내 인터뷰 기사에 웬만하면 달리지 않는 댓글이 하나 달렸다. 내 기사를 읽고 구입한 책이 숱하게 많다는 댓글. 아, 입가에 연신 미소가 떠나지 않았다. '제발 많은 사람이 이 댓글을 읽어야 할 텐데' 생각하며 자랑할 상대가 없어 남편에게만 살짝 보여 줬다. 남편은 엄지손가락을 치켜든 라이언 이모티콘으로 심심한 격려를 해 줬다. 어제는 저자에게 긴 메일이 왔다. 정말 하고 싶었던 이야기를 물어봐 줘서 고맙다고, 이렇게 깊이 책을 읽어 준 사람은 처음이라며 고맙다고 했다.

오래전, 내 글을 두고 악평한 사람이 있었다. 악평까진 아니었겠으나 내겐 그렇게 들렸다. 그가 내 글을 제대로 챙겨 읽는 일이 없었던 걸로 아는데, 무엇이 그리 못마땅했을까. 굳이 이런 리뷰를 친절하게 전달해 주신 분은 무슨 의도였을까. 평가에 동의했기 때문일까? 네 깜냥을 알라고 신호를 준 걸까? 꼬리에 꼬리를 물고 생각을 이어 가다가 나는 마음을 고쳐먹었다. 욕 좀 먹으면 어때, 모두에게 인정받으려는 것만큼 한심한 일이 또 어디 있나. 칭찬도 비난도 그저 흘려보내면 될 일. 가장 중요한 건 유효한 독자를 갖는 일이다.

타인의 평가에 자주 흔들리는 사람은 인생의 노선을 자주 바꾼다. 같은 일을 오래 하지 못한다. 자꾸만 옆길로 새다가 본질을 놓친다. 20대 때 나의 인생 주제는 선택과 집중이었고, 30대는 태도와 균형이다. 항상 귀를 활짝 열되, 적절히 닫을 줄 아는 슬기가 있길 바란다.

제가 선 곳을 잊지 않으려고 합니다.
을의 입장에서 세상을 바라보려고 노력합니다.

경제학자 김재수

한결같은 선배가 있다. 한 끗발 하는 사람들이 자꾸 만나자는데 기어코 나가지 않는다. 대신 지방의 작은 학교 강연은 웬만하면 꼭 간다. 언젠가 선배에게 "그냥 대기업 강연도 몇 개 하죠. 눈 딱 감고 하면 한 달이 편할 수 있잖아요"라고 말한 적이 있다. 대기업도 알고 보면 무척 평범한 실무자들이 일하지 않는가. 총수나 간부가 문제라서 그렇지. 몇 초간 정적이 흐른 뒤 선배가 말했다. "내가 그 기업 제품을 쓰지 말자고 글을 썼는데 어떻게 그곳에 가서 강연을 하니? 나 그 돈 안 벌어도 잘 살아." 선배는 혹여 내가 무안해할까 봐 아무렇지 않은 듯 말했다.

태생이 갑인 사람을 자주 본다. 잠깐이라도 을의 입장이 되는 순간을 못 견디는 사람. 갑이 되면 여기저기 부르는 곳이 많다. 쏟아지는 기회 속에서 일을 고르기 시작하면 무서울 게 없다. 계속 이 상황이 유지될 수 있을 거라 착각한다.

한 사회 초년생이 일하는 모습을 지켜본 일이 있다. 그는 운 좋게도 갑의 자리에서 일을 시작했다. 거래처에서 각종 제안이 밀려오자 마치 팀장이라도 된 양 거만하기 짝이 없었다. 직속 후배가 아니라 마냥 지켜봤는데, 6개월이 채 지나지 않아 그의 직무가 바뀌었다. 냉랭하게 대했던 거래처에 먼저 협업을 제안해야 하는 상황에 맞닥뜨렸다. 결과는? 당연히 거절이었다.

경제학자 김재수는 『99%를 위한 경제학』에서 "자신이 을의 위치에 있을 때에는 그렇게 하지 않을 것이라고 생각하지만, 갑질할 수 있는 위치에 오르면 갑의 욕망으로부터 자유롭기가 쉽지 않습니다. 한때 겸손하고 성실했던 이들도 갑이 되면 다른 사람으로 변합니다. 권력은 사람을 바꾸는 힘을 지니고 있습니다"라고 말했다. 교수이면서 굳이 "일용직 건설 노동자인 아버지와 그의 아내로 평생 가난한 어머니의 아들"이라고 밝힌 김재수의 글을 다시 읽는다. 갑과 을이라는 단어 자체가 덜 등장하는 사회를 기다리면서.

내가 느끼는 행복은 내가 옳다고 믿는 것을
할 수 있는 만큼 실천하며 살아가는 행복이다.

다큐멘터리 감독 장혜영

"당신이 좋아하는 (일상의) 순간은 언제인가요?" 인터뷰할 때마다 묻게 되는 질문 중 하나다. 한 사람의 가치관, 삶의 태도, 우선순위를 알고 싶기 때문이다. 최근 기억에 남는 답은 영화감독 이경미의 이야기. "내가 뭔가를 해서 엄마 아빠가 좋아하실 때, 누군가가 기뻐할 모습을 상상하면서 뭔가를 준비할 때 행복하다"는 답을 듣고 이게 이 사람의 진짜 모습이겠구나 생각했다. 지독한 개인주의자인 나 역시 다르지 않다. 소중하게 여기는 사람이 나의 작은 행동으로 기뻐할 때, 가장 큰 행복을 느낀다. 그래서 내 행복을 위해 누군가에게 기쁨을 주고자 노력한다. 타인을 위한 마음이 먼저일 때도 있지만, 내 기쁨이 목적이 될 때도 많다. 어느 것이 더 좋은 동기라고는 말할 수 없다고 생각한다.

다큐멘터리 감독 장혜영이 쓴 『어른이 되면』을 읽었다. 18년 동안 장애인 거주 시설에서 산 중증 발달 장애인 동생을 사회로 데리고 나온 유튜버 '생각 많은 둘째 언니'. 그는 동생을 위해서가 아닌 '내가 행복해지고 잘 살고 싶어서' 동생에게 탈 시설을 권해 함께 산다. 순식간에 읽었지만 눈에 박히는 문장이 유독 많았던 책. 혼자 읽긴 너무 아까워 장문의 리뷰를 SNS에 올리면서 생각했다. 이 책이 왜 이렇게 크게 다가왔을까.

"지킬수록 단단해지는 말들이 분명히 있다고 믿는" 장혜영은 끊임없이 말한다. 동생과 함께 사는 삶을 선택한 건 내가 남들보다 착하고 희생정신이 투철해서가 아니라 내가 행복해지기 위해서였다고. 그는 『프란』 영상 인터뷰에서 "내가 편하게 죽어도 되는 세상을 위해서 최선을 다한 다음에 편하게 먼저 죽고 싶어요"라고 말했다. 시종일관 일인칭 시점으로 이어지는 이야기, 대의 같은 건 조금도 말하지 않는 그를 보며 절로 감탄이 나왔다. 누구보다 행복의 근원을 뚜렷하게 아는 사람이라서. "옳다고 믿는 것을 할 수 있는 만큼 실천"하는 사람이라서.

젊은 사람을 친구로 볼 수 있다면
꼰대가 되진 않을 것 같아요.

공학자 윤태웅

인터뷰 시간에 늦는 것, 정말 싫어한다. 하루는 시간을 넉넉히 잡고 출발했는데도 약속 시간에 택도 없었다. 어쩔 수 없이 저자에게 문자를 보냈다. "정말 죄송하지만, 여유 있게 출발했음에도 불구하고 10분 정도 늦을 것 같습니다. 양해 부탁드립니다." 5분이 채 지났나 싶은 시각에 도착한 답신. "예. 서두르실 필요 전혀 없습니다." '괜찮습니다'도 아니고 '천천히 오세요'도 아닌 온전히 상대를 배려하는 문장. 마음이 한결 놓였다. 택시에서 내리자마자 고속 질주, 연구실에 도착해 인사를 나누는데 책에서 느낀 따뜻한 인상이 고스란히 이어졌다. 지금까지 만난 교수들은 더 말하지 못해 아쉬워하는, 말하기를 정말 좋아하는 사람이 대부분이었는데 확연히 달랐다. 인터뷰어가 어떤 의도로 질문하는지 적확하게 판단하고 답했다. 괜한 거드름, 과잉 답변이 없었다. 『떨리는 게 정상이야』를 쓴 공학자 윤태웅의 이야기다.

두 시간여 대화를 해 보니 그는 보통의 교수와 굉장히 달랐다. 수평적인 대화가 가능한 사람이었다. 책 제목으로 쓴 칼럼의 원제가 '적어도 꼰대는 되지 말자'였기에 슬쩍 물었다. "꼰대가 되지 않으려면 어떻게 해야 할까요?" 윤태웅은 "성찰과 열림"이 필요하다고 했다. 성찰은 혼자 하는 것이지만 열림은 타인의 말에 귀를 기울여야 가능한 일. 평소 '젊은 사람들이 나보다 낫다'는 생각을 자주 한다고 했다.

주변의 '꼰대 기질' 0퍼센트 선배, 선생 들이 떠오른다. 그들 곁에는 항상 젊은 친구가 바글바글하다. 선배들이 '모이라' 부른 것이 아니다. 절로 모여든 것이다. '내가 너보다 위에 있어'라는 태도가 없으니 스무 살 차이 친구가 가능하다. 자신의 소싯적 이야기를 끊임없이 되풀이하는 사람은 어쩔 수 없이 꼰대다. 지금을 사는 사람과 소통하고 싶다면, 지금의 이야기를 해야 한다.

사람의 가장 큰 능력 중 하나는 사람들의
비난과 조롱을 무시할 줄 아는 것입니다. 그런데
안타깝게도 무시해야 할 그 말을 보석처럼
가슴에 품고 삽니다.

목사 조정민

082

책을 쓰다 보니 알겠다. 내 평생의 물음이 뭔지, 내 평생의 숙제가 뭔지. 답은 "행복하게 살고 싶어요. 그리고 제가 작은 비결을 발견했다면 알려 주고 싶어요. 혼자 알긴 아깝잖아요"다. 내 귀에 자주 걸리는 말은 일상의 작은 행복을 아는 사람의 이야기다. 줏대가 있는 사람, 어떻게 생각하는 것이 자신에게 좋은지를 아는 사람의 말이다.

사회적 이슈를 두고 대화할 때 종종 곤혹스럽다. 섬세한 언어를 찾지 못해 우왕좌왕 이야기하는 나를 보면 '그냥 가만히 있는 게 낫나? 내 이야기를 누가 그렇게 귀담아 듣겠나?' 생각한다. 그런데도 말해야 한다고 결론을 내리곤 하는데, 욕먹는 걸 지나치게 두려워하면 아무 말도 할 수 없기 때문이다. 어떤 말을 해도 곡해하는 사람이 있다. 편견으로 무장한 채 꼬투리 잡을 준비를 하는 사람은 언제나 존재한다. 그들이 무서워 말문을 닫는다면 세상은 변하지 않는다. 일단 나부터 변할 수 없다.

식상한 해답이지만 부딪혀 보는 태도가 중요하다. 실패하더라도 왜 실패했는지 깨달음은 얻는다. 최소한 원점은 아니다.

팟캐스트에 출연하면서 발음 지적을 받았다. '인간적이고 좋지 않나? 어떻게 모든 사람이 말을 그렇게 잘할 수 있겠어? 이게 내 매력 포인트잖아!' 싶었는데, 듣기에 거슬린다는 평을 들었다. 뭐 괜찮다. 객관적인 사실이니까. 내가 품고 가는 댓글은 "발음이 안 좋아도 방송을 할 수 있다는 용기를 주는 방송! 너무 좋아요", "도대체 기자님 때문에 구입한 책이 몇 권인가요?", "꼭꼭 씹어 말을 하고 글을 쓰는 마음, 보고 생각한 것을 정직하고 담백하게 말하려는 마음이 느껴져요"다. 왜냐하면 이게 내가 행복해질 수 있는, 건강하게 살 수 있는 방법이기 때문이다. 물론 정확한 발음을 구사하고자 노력한다. 천천히 또박또박. 다만 그것에 너무 매이려고 하진 않는다. 나는 나니까.

나는 소극적인 태도로 그러한 의견을
받아들였다. 그들의 견해를 의심할
이유도 없었고, 그렇다고 무조건 믿을
필요도 없었으니까.

시인 비스와바 쉼보르스카

누가 책 한 권을 두고 찬사를 아끼지 않았다. 매우 호들갑을 떨면서. 듣는 내내 '아, 그 정도인가? 그래, 그럴 수 있지. 책의 속사정을 알고 있는 사람이니까' 생각했다. 하지만 내 생각을 고치진 않는다. 내가 보기엔 아쉬운 구석이 많다. '좋은 책이지만 찬사를 할 만큼은 아니다'가 나의 결론이다. 누군가 한 사람을 두고 극찬했다. 이보다 훌륭한 사람은 지금까지 보지 못했다면서. 일단 내가 신뢰하는 사람의 평가니까 경청했다. 그런데 칭찬의 당사자와 얽힌 나만의 에피소드 때문에 '훌륭하다'는 평가에 동의하진 않았다. 다만 이 생각을 굳이 밝히진 않았다.

요즘 다행스러운 건 '읽는 눈', '보는 눈'의 줏대가 생기고 있다는 점이다. 내가 읽은 것, 만나 본 사람을 믿을 뿐 다른 사람의 평가에 쉽사리 흔들리지 않는다. 좋아하고 신뢰하는 사람의 흠결을 들었다고 해서 쉬이 내 마음을 바꾸지 않는다. 그가 품고 있는 단점을 능가하는 장점을 알기 때문이다. 낙천적인 회의주의자가 되려고 애쓴다. 이건 세계를 보는 눈 너머 사람을 보는 눈에서도 통한다. 내가 본 것이 그의 진면목이 아닐 수 있다고 생각한다. 하지만 나는 그를 좋아하고 신뢰하고 싶은 마음을 버리지 않는다.

재능이 있거나 없거나 난 상관없어요.
내가 하고 싶은 거라 하는 건데 재능이 있거나
말거나 무슨 상관이야? 솔직히 난 예술이란
99퍼센트가 노력이라고 생각해요.

화가 윤석남

며칠 전 팀원 일곱 명과 점심을 먹는데 5초간의 정적이 흘렀다. 아니, 일곱 명이나 있는데 5초 동안 아무도 말을 안 하다니. 불쑥 내가 물었다. "이렇게 정적이 흐를 때, 내가 이야기를 해야 한다는 중압감을 느껴요? 안 느껴요?" 세 명은 전혀 아무 생각을 하지 않는다고 말했고, 두 명은 반반, 두 명은 중압감을 느낀다고 했다. 나야 물론 최고 수치의 중압감을 느끼는 성격이다. 이상한 질문을 던져 놓고는 머쓱하게 말을 보탰다. "중압감을 느끼지 않는 세 분이 부럽네요. 인생을 더 즐겁게 사는 성격이라서요."

그냥 하는 말이 아니었다. 진심으로 부럽다. 하지만 부러워한다고 가질 수 있는 성향, 성격이 아니라는 사실도 안다. 타고난 것을 노력으로 이기기란 몹시 어려운 일이니까. 그것이 성격이든 재능이든. 다만 노력하는 건 내 성향을 인정하고 잘 가꾸는 일이라고 예전부터 생각해 왔는데, 뒤통수를 치는 한마디를 읽었다. 마흔이 넘은 나이에 그림을 그리기 시작해 지금까지 활동하고 있는 화가 윤석남의 인터뷰. "예술이란 99퍼센트가 노력이라고 생각"한다는 말, "내가 하고 싶은 거라 하는 건데 재능이 있거나 말거나 무슨 상관이야?"라는 이야기를 읽고서 나는 퍼뜩 정신을 차렸다. 내가 내 성격 바꾸고 싶어서 노력하는데, 그것이 가능하든 불가능하든 무슨 상관이야? 앞으로 누군가 내 마음에 태클을 걸어오면 속으로 읊조리겠다. '내가 하고 싶어서 하겠다는데 무슨 상관이야?'

일사천리로 말하는 사람이 있는가 하면 짧고
뭉툭하게 말하는 사람이 있어요. 그런데 길게
대화하다 보면 언어 스킬과 무관한 엑기스가
느껴져요. 함부로 들으면 안 되겠구나,
생각했죠. 어눌하다고 세련된 스킬이 없다고
해서 깊이가 없는 게 아니에요.

시민운동가 이진순

책을 읽는 도중 질문이 쉴 새 없이 만들어질 때가 있다. 인터뷰 현장에서 보탤 질문을 포함하면 두 시간으로는 택도 없을 텐데, 이진순이 쓴 『당신이 반짝이던 순간』을 읽던 중 나는 밑줄 긋기를 포기했다.

　『한겨레』 토요판 「이진순의 열림」을 오랫동안 챙겨 읽었다. 삶의 연륜이 느껴지는 인터뷰. 책이 나오면 가장 먼저 인터뷰를 청해야지 생각했다. 이진순은 연재를 마치며 "누구든 80퍼센트는 소심하다가 아주 가끔 용감해지고, 80퍼센트는 이기적이다가 아주 가끔 이타적인 모습을 보인다"고 말했다. 이진순 인터뷰가 왜 많은 사람의 이목을 끌고 사랑을 받았을까의 해답이 여기에 있었다. 그는 어떤 사람도 완벽하지 않다는 걸 이미 알고 있었다. 대중이 보는 80퍼센트만 보는 게 아닌 눈여겨보지 않으면 눈치채지 못하는 20퍼센트를 볼 줄 알았다.

　인터뷰를 마칠 무렵 그에게 물었다. "대화의 스킬이 늘었나요?" 인터뷰어가 꼭 갖추어야 할 덕목 중 하나인 '잘 들어 주는 것'은 빼고 답해 달라고 말했다. 스킬은 잘 모르겠다며 잠시 망설인 그는 "함부로 들으면 안 되겠다고 생각했어요"라고 답했다. 언변이 뛰어나지 않다고 깊이가 없는 게 아니라는 것. 나는 이미 알고 있는 사실이라 생각했는데 며칠 동안 이 이야기가 계속 맴돌았다. 사람들이 보지 못하는 20퍼센트, 그것을 볼 줄 아는 사람의 마음이란 타고난 재능이 아니라 인생이 만들어 준 재능이 아닐까. 두 시간 남짓 무엇도 의식하지 않고 그저 있는 그대로 보태지 않고 말한 이진순의 태도에는 이유가 있었다.

보고 싶은 감정도 느껴 봐야죠.

가수 윤종신

이른바 유명 연예인을 만나면 꼭 묻게 되는 질문이 있다. "대중이 당신에게 갖고 있는 편견이 무엇이라고 생각하나요?" 어떤 오해를 풀어 주고자, 이 사람의 진면목을 알고자 묻는 질문인데 속내를 잘 내비치지 않는다. 오히려 굉장히 사소한 질문에서 한 사람의 주관이 또렷이 드러난다.

윤종신을 만났다. 노래를 만드는 싱어송라이터로서의 그를 꽤 오래 좋아했는데 언젠가부터 심드렁해졌다. 이상하게도 좋아하는 사람의 인기가 치솟기 시작하면 애정이 식는다. 애정이 좀 더 필요한 사람에게 눈길을 줘야 한다는 어떤 괴짜 심정? 윤종신도 그렇게 마음에서 멀어졌다. 막연히 언젠가 책을 내면 인터뷰하고 싶다고 생각했는데, 기회는 꽤 빨리 왔다. 산문집을 읽어 보니 그는 인터뷰를 썩 즐기지 않는다고 한다. 아니, 잘하지 못한다고. 말 잘하는 연예인이라는 타이틀은 그럼 방송용인가. 버거운 인터뷰가 되지 않을까 싶었는데 그는 군더더기 없이 즉답하는 캐릭터였다.

긴장을 풀고자 적잖이 뻔한 질문을 하다 문득 궁금해졌다. 책에서 1년간 가수 윤종신이 아닌 자유인으로 해외에서 살겠다고 했는데, 과연 언제쯤 시행할 것인가. '아내'나 '엄마'로서 자아가 투철한 나는 "아내에게 허락 받았어요?"라고 추궁하듯 물었다. 속으로는 '아빠 없으면 엄마 혼자 아이 셋을 어떻게 돌봅니까?' 생각하며. 사전에 협의했다는 답을 듣고 나는 또 물었다. "아이들이 보고 싶을 텐데요. 참을 수 있겠어요?" (물론 공손한 어투로)

"보고 싶은 감정도 느껴 봐야죠." 윤종신이 이날 한 답변 중에 가장 빠르게 나온 이야기였다(순간 내 마음은 5초 정적). 아, 윤종신은 이런 사람이구나. 빛과 어둠을 보는 사람, 좋은 일이 있으면 어려운 일도 있을 거라 짐작하는 사람. 다가올 고통을 애써 피하지 않는 사람. 나는 이제 가수가 아닌 한 자연인으로의 윤종신을 좋아할 것 같다.

그분들이 거느린 직함이야 거창하지만
그 거창함을 다스리는 그분들의 겸손함을
나는 한없이 사랑했다.

시인 허수경

087

"그분 참 멋지죠? 겸손하시고." 좋아질 것 같은 사람에게서 오랫동안 내가 좋아하고 있는 선생님 이야기가 나왔다. 겸손? 내가 생각하는 선생님의 첫 번째 정체성은 겸손보다는 당당함인데. 멋짐 다음에 나온 표현이 겸손이라는 사실이 놀라웠다. 잘난 척만큼이나 보기 괴로운 모습이 겸손한 척이다. 척이라는 본질이 들통날 것 같다면 하지 않는 쪽을 택해야 한다. 그런데 왜 우리는 겸손한 사람을 좋아할까. 겸손하지 않은 사람과는 왜 가까이 지내고 싶지 않은 걸까. 지나친 겸손은 오히려 교만이라던데, 진짜 겸손과 가짜 겸손은 어떻게 구별해야 하지?

선생이라 부르고 싶던 사람들을 떠올렸다. 나이가 많고 경험이 많아서 선생이 아니라, 삶을 대하는 태도가 멋져 '선생'으로 부르고 싶었던 사람들. 하나같이 스스로를 낮추고 나를 존중해 주었다. 언제나 존칭했으며 먼저 연락하는 것에도 거리낌이 없었다. 고맙다는 인사도 항상 먼저 했다. 그저 그런 호의의 인사가 아니었다. 머리를 굴리기보다는 마음을 굴리는 분들이었다.

겸손은 어디에서 올 수 있을까. 내가 타인보다 나은 게 없음을 알 때, 이를 체화했을 때만 나오는 게 아닐까. 허수경 시인의 산문집 『그대는 할말을 어디에 두고 왔는가』를 보다 눈이 머무는 문장을 여러 번 읽었다.

지금 말하라. 나중에 말하면 달라진다.
예전에 말하던 것도 달라진다. 지금 말하라.
지금 무엇을 말하는지. 어떻게 말하고
왜 말하는지. 이유도 경위도 없는 지금을
말하라. 지금은 기준이다.

시인 김언

한 주에 한 편씩 시를 외우는 선배가 있었다. 가끔 메일로 전문을 보내 주곤 했는데, 언제나 메일 제목은 '제목 없음'이었다. 시를 옮겨 적을 시간만 있고 제목을 쓸 여력은 없었나? 괴짜 선배의 메일은 잠시 '안 읽은 메일 함'에 있다가 휴지통으로 가곤 했는데, 웬일인지 한 편의 시는 제목을 달고 도착했다. 메일을 열자 '내가 오래 기억할 시'라고 예감했던 베르톨트 브레히트의 「서정시를 쓰기 힘든 시대」가 쓰여 있었다. 한동안 나는 버릇처럼 "서정시를 쓰기 힘든 시대야. 예능을 마음껏 볼 수 없는 시대야. 수다를 마음껏 떨 수 없는 시대야"라며 패러디를 일삼았다.

2018년에 나는 '시 알못'이 되었다. 좋아하는 시인을 찾고 싶었으나 과거에 읽었던 시들이 오히려 영롱하게 떠올랐다. 시를 읽느니 르포를 한 편 더 읽겠다고 생각했다. 시집을 선물 받으면 내심 '서정시를 읽기 힘든 시대'라고 단념했다. 이 사실을 지극히 잘 아는 친구가 어느 날 시집 사진을 보냈다. "네가 좋아할 만한 시집 발견." 김언의 『한 문장』이었다. '시인의 말'에는 단 한 문장만 적혀 있었다. "지금 말하면 달라지는 것들에게." 그리고 이어지는 첫 시는 「지금」. 미투Me too가 끊이지 않는 지금, 이 시의 전문을 타이핑해 일간지 1면에 올릴 수 있다면 얼마나 좋을까 상상했다. 시인은 "변하기 전에 말하라. 변하면서 말하고 변한 다음에도 말하라. 한순간이라도 말하라. 지금은 변한다"라고 썼다. 시의 첫 문장과 끝 문장은 같았다. "지금 말하라."

결국 사람은 친구랑 가족이랑 사는 거다.
작품이 끝나고 칭찬을 받으면 행복하지만
그 칭찬 때문에 사는 게 사람 인생이 아니다.

드라마 작가 하명희

늘 작은 이야기에 빠진다. 주변 인물이 적은, 배배 꼬인 설정이 없는 단순한 이야기가 좋다. 드라마『따뜻한 말 한마디』를 본방 사수했다. 분명 못된 캐릭터도 있는데 왜 악역 없는 작품으로 느껴지는지, 어떤 작가가 이렇게 담백한 대사를 쓰는지 궁금했다. 하명희. 한국 최장수 드라마 중 하나인『사랑과 전쟁』을 오랫동안 집필한 후, 결혼이라는 주제를 현실적으로 풀어낸『우리가 결혼할 수 있을까』로 '우결수' 신드롬을 만든 작가였다. 때마침 책이 나와 인터뷰를 청했다. 드라마『사랑의 온도』의 원작 소설『착한 스프는 전화를 받지 않는다』였다.

하명희는 "주연에게는 사회적 책임감, 아이러니를 반드시 준다"는 철학을 갖고 있었다. 인물을 만드는 기준은 결점이 있지만 아예 밉지는 않은 사람. 주인공에게 좋은 걸 몰아주는 설정엔 반대하는 입장이었다. 드라마가 성공하자 주변 사람들이 물었단다. 홈드라마는 그만하고 장르물을 하는 게 어떻겠냐고. 그는 "장르물이 홈드라마보다 우월하다고 생각하지 않는다"고 답했다고 한다.

'김수현 작가 뒤를 잇는 작가'라는 평을 어떻게 생각하느냐고 물으니 그는 딱 잘라 말했다. "그건 선생님에 대한 예의가 아니죠. 나는 1등 마인드가 아니에요. 행복한 2등이 되고 싶어요." 하명희는 작품 속 사건이 너무 거대해지면서 일상에 대한 존중이 사라지는 점이 아쉽다고 했다. "사람들이 보기에 별게 아닌데 별것인 이야기"를 쓰고 싶다고. 평소 내가 가진 생각을 누군가에게 들었을 때의 쾌감, 지금도 잊히지 않는다.

세상이 말하는 성공보다 더 중요한 것이 있다는 사실을 아는 삶. 그것을 아는 사람이 인생의 고수라고 생각한다. 반짝 성공에 취해서 안절부절못하는 사람을 볼 때마다 뒷감당을 어찌할지 안타깝다. 회사에서 잔뜩 칭찬을 받아도 사적인 관계가 무너지면 견디기 어려워하는 게 사람 아닌가.

싫어하는 사람은 늘 존재해요. 그런데
다 지나고 보면 모두가 고마워요. 그때는 내가
잘나서 버티는 것 같았는데 끝나고 보면
저 사람 덕분이구나 싶어요.

예능 PD 나영석

PD 나영석을 만난 건 그가 티비엔tvN으로 옮긴 무렵이었다. 그즈음 그는 아이슬란드로 떠난 100일 여행기를 담은 에세이 『어차피 레이스는 길다』를 썼다. 그의 이적을 두고 항간에 말이 무척 돌아 궁금한 이야기가 많았다. 그는 일부러 겸손해하거나 젠체하지 않는 성격이었다. 과장해서 말하지 않는 걸 보니, 예전에 짧게 인터뷰했던 PD 김태호가 생각났다. 조용한 말투지만 핵심을 놓치지 않는 사람. 그것이 성공한 예능 PD의 자질인가 싶었다.

나영석은 방송국 입사 초기에는 연예인 울렁증이 심했다고 한다. 리더십은커녕 처음 보는 사람과 대화도 잘 못하고 안면홍조 증세까지 있었다. 그나마 스태프들과는 동고동락하니 금세 친해졌지만, 처음 보는 연예인과 대화를 할 때면 웅얼거리다 돌아서기 십상이었다. 『여걸 파이브』를 연출할 때가 5년 차였는데도 여전히 출연자를 잘 쳐다보지 못했단다. 그는 스스로를 "남들보다 친해지기까지 시간이 오래 걸리는 사람"이라고 평했다. 더디 걸린 만큼 출연자와 두터운 관계를 만들 수 있었다며, 12년 넘게 방송을 하면서 고맙지 않은 사람이 없다고 했다. 촬영할 당시에는 불만이 생기기도 하지만, 지나고 보면 모두 고마운 사람이 되었다고 말했다.

"너는 싫어하는 게 왜 이렇게 많아?" 결혼 후, 남편에게 가장 많이 들은 소리다. 밖에서는 내색하지 못하다가 집에 가면 나는 자연인이 됐다. 좋아하는 것도 많은데 왜 이렇게 싫은 사람의 후일담을 자주 했을까. 과거형으로 쓰고 있으니 지금은 조금 달라졌는데 마음을 고쳐먹었기 때문이다. 나영석처럼 모두가 고맙다고 말하기엔 내공이 부족하지만, 누구에게도 배울 점이 하나는 있다는 사실을 안다. 그것을 발견하고 조명을 비춰 주는 일이 내가 해야 할 몫이다.

자존심은 얼마나 높아질까가 아닌
얼마나 낮아질까에 대한 관심에서 나온다.

미술평론가 이건수

지금은 절판된 유희열의 삽화집 『익숙한 그 집 앞』은 유희열을 무척 좋아하던 친구에게 받은 스무 살 생일 선물이었다. 어설픈 그림 옆에 실린 짧은 글들이 웃기고 재미있고 슬펐던 기억이 난다. 지금까지 생각나는 에피소드 하나는 유희열이 자청했던 '하인놀이'. 그는 한 달에 한 번 여자친구의 모든 시중을 들어주면서 "한없이 나를 낮춰서 한없이 나를 올리고 싶었다"고 고백했다. "그녀 앞에서만은 머슴이 되어 그녀 눈에만은 귀족으로 보이고 싶었다"니. 생각해 보면, 하인놀이는 자존감이 낮은 사람이라면 결코 할 수 없는 놀이였다.

　　"자존감이 너무 높은 사람은 피곤하다"는 말을 종종 듣는다. '너무'라는 수식어는 정도가 지나치다는 뜻이니까 어느 정도 이해될 성싶지만, 토를 달고 싶다. 내가 만난 자존감이 튼실한 사람은 스스로를 존중하는 만큼 상대를 먼저 배려했다. 타인에게 잘 보이기 위한 겸손이 아닌 진짜 마음에서 우러나온 태도. 나의 잘남을 전시하지 않으면 누구도 귀 기울이지 않는 시대, 스스로를 낮추니 절로 빛이 났다.

　　하염없이 올라가고 싶은 욕망을 스스럼없이 밝히는 사람을 볼 때, 나는 그의 불안을 읽는다. 자존심과 자존감의 정의를 다시 찾아 읽는다.

일하는 엄마, 그건 너희들에게도 좋은 거야.

소설가 조선희

『정글에선 가끔 하이에나가 된다』를 읽고 남긴 메모를 발견했다. 119쪽에 인덱스가 붙어 있었다.

"자주 죄책감에 시달리곤 하지만, 그런 죄책감은 나와 아이 모두의 정신 건강에 좋지 않다는 결론을 내렸다. 그래서 내가 일 가진 엄마라는 데 대해 나름대로의 명분을 개발해 놓고 있다. 첫째, 내 삶이 딸들에게 하나의 모델이 되고 싶다. 나는 내 딸들이 누군가의 아내, 누군가의 엄마로만 살아가지 않기를 바란다. 둘째, 나는 딸들이 더 이상 엄마의 도움을 필요로 하지 않을 때, 내가 친구로 남을 수 있기를 바란다. 그러기 위해 나는 끝까지 하나의 독립된 인격체로 남고 싶다."

대학 4학년 때부터 이런 고민을 가졌던가. 4년 내내 얼른 졸업해서 취업하고 싶은 욕망만 가득했던 나. 존경할 만한 교수 한 명을 만나지 못했고 수업은 시시하기 짝이 없었다. 갑작스레 휴강하는 교수들을 보면서 '와 진짜 돈을 쉽게 버시네' 생각했다. 두 살 터울 언니는 졸업과 동시에 취직했는데 결혼하고 1년 뒤, 입덧이 심해지자 직장을 관뒀다. 언니는 내게 자주 말했다. "너도 아이 낳아 봐. 금방 직장 그만두고 싶어져." 언니 바라기였지만 이 말은 영 찜찜했다. '엄마'라는 이름만으로 24시간을 보낼 자신이 없었다.

'직장맘'으로 산 지 만 4년이 됐다. "죄책감을 갖지 말라"는 조언을 수십 번 들은 터라, 마음에 갈등이 생기면 주문을 왼다. "일하는 엄마, 그건 내 아들에게도 좋은 거야." 엄마가 되어 다시 만난 선생님들은 내게 말했다. "엄마의 손이 필요한 때가 생각보다 그렇게 길지 않아요", "슈퍼우먼 콤플렉스에서 벗어나야 해요. 완벽하지 않아도 돼요." 엄마라는 나의 존재가 아이에게서 점점 작아질 때, 또 다른 존재로 아이와 관계 맺고 싶다. 그러기 위해서라도 나는 일하고 싶다. 아이에게도 흥미로운 대상이 되고 싶다. 탄탄하게 일상을 가꾸는 한 사람으로 아이에게 기억되고 싶다.

진짜 인생은 삼천포에 있다.

소설가 박민규

친구가 책을 빌려 가겠다며 방에서 한참을 나오지 않았다. "너 이 책, 아직도 갖고 있어?"라며 집어 든 책은『삼미 슈퍼스타즈의 마지막 팬클럽』. 쪽지가 하나 있다며 내게 건넸다.

　"구르는 돌처럼 청춘을 살아야 한다고 생각하고 있습니다. 조언이라뇨? 조언 따위를 해 대는 인간들은 별 볼 일 없는 인간이거나 사기꾼일 가능성이 농후합니다. 달리세요. 굴러가세요. 짐짓, 해 주는 걱정과 우려의 목소리에서 멀리멀리 벗어나세요. 님의 귀에 이끼가 끼지 않게, 가슴속에 가득한 단팥이 새지 않게, 말입니다. 정체성은 어차피 찾아지지 않습니다. 세상도 마음도 시시각각 변하는 것이니까요. 한 가지에 집중 못하는 건 당연한 일입니다. 구르는 돌에게 집중하라는 건 하기 싫은 일에 집중을 해야만 하는 늙은이의 이데올로기에 불과할 뿐입니다. 존 라이든의 말처럼 서른이 넘은 인간의 말을 믿지 마세요. 더군다나 저 같은 바보의 말은 더더욱. 모든 답은 마음속에 있습니다. 말씀하셨듯 우선 마음 가는 대로 차선도 마음 가는 대로 해 보는 것입니다. 지구는 어쩌면 둥글지 않을 수도 있습니다. 지금 즉시 플레이 볼입니다."(2003년 10월 21일)

　'온라인 작가와의 대화' 이벤트에서 소설가 박민규에게 받은 답장을 타이핑한 쪽지였다. 15년 전의 나는 정체성을 고민했나 보다. 지금 내가 딱 '당시' 박민규 작가의 나이가 됐다. 조금만 방심하면 꼰대가 될 수 있는 나이. 이제 막 20대가 된 사람이 내게 청춘을 어떻게 보내야 하느냐고 묻는다면, 어떤 말을 해 줄 수 있을지 생각해 보다『삼미 슈퍼스타즈의 마지막 팬클럽』속 한 문장을 발견했다. 어쩐지 이 말이 정답이 될 수 있을 것 같다.

　"필요 이상으로 바쁘고, 필요 이상으로 일하고, 필요 이상으로 크고, 필요 이상으로 빠르고, 필요 이상으로 모으고, 필요 이상으로 몰려 있는 세계에 인생은 존재하지 않는다. 진짜 인생은 삼천포에 있다."

그것도 그 배우의 색깔이니까,
제가 함부로 말할 순 없어요.

배우 배종옥

연예인이 책을 내면 마케터에게 슬쩍 묻곤 한다. "직접 쓰신 거죠?" 대부분 솔직하게 말해 준다. 인터뷰 도중 언짢아할 만한 이야기가 나오면 안 되니까. 나는 엄격한 저자, 본인이 직접 쓰지 않은 책에는 이름을 넣지 않는 사람을 좋아하는데 전문 작가가 쓴 책이 아닌 경우, 문장이 매끄럽지 않으면 오히려 반갑다. 저자의 개성을 살린 편이 훨씬 매력적으로 다가오기 때문이다.

배종옥이 쓴 『배우는 삶 배우의 삶』을 읽고 어쩐지 안심했는데, 책에서 풍긴 단정함이 그의 것으로 느껴졌기 때문이다. 인터뷰를 글로 푼 뒤 하고 싶었던 이야기를 보태면서 단락을 만들었다고 한다. 영화제 때문에 최종 교정을 휴대폰으로 보느라 머리에 쥐가 났다며, 번거로운 작업을 이어 간 편집자에게 공을 돌렸다. 그는 엄격하면서 섬세한 사람인 듯했다. 학생을 가르칠 때는 "1분이라도 늦으면 지각, 결석 불가, 과제는 필수"가 원칙이었다고. 자유로움만 가져선 좋은 배우가 될 수 없다는 게 그의 지론이었다. 하지만 촬영 현장에서는 달랐다. 후배가 먼저 묻기 전에는 웬만하면 조언을 하지 않는다며, 후배에게 들을 마음이 있을 때만 입을 연다고 했다. 꼭 필요한 조언은 둘이 있을 때만 한다고. 배우 이낙훈에게 배운 지혜였다.

당시 나는 사회적 발언을 거리낌 없이 하는 사람에게 관심을 기울이고 있었다. 영향력이 있을 걸 알면서도 끝내 아무 말도 하지 않는 권력자에게 신물이 나 있는 상태였다. 유독 이즈음의 내 질문은 뾰족했다. 사회 활동을 많이 하는 배종옥에게 해답을 들을 수 있을까 싶어 "지나치게 타협하는 동료나 후배를 볼 땐 어떤 생각이 드세요?"라고 물었다. "그것도 그 배우의 색깔이니까, 제가 함부로 말할 순 없어요." 보탤 질문이 없었다. 그렇지, 그 사람이 사는 방식에 훈수를 둔다고 달라질 일은 하나도 없지. 누군가에게 해 주고 싶은 말이 있어 휴대폰을 꺼냈다가 도로 집어넣었다.

모든 것이 결국 내 인생의 질료로 쓰인다.

가수 김창완

김창완은 한 번쯤 만나서 이야기 나누고 싶었던 사람인데, 아직도 그날이 선명하게 기억난다. 서래마을이었던가, 그의 단골 맥주 바. 그는 정색하고 인터뷰하는 일을 즐기지 않는 듯했다. 인터뷰를 빙자한 사소한 대화를 더 즐기는 사람으로 보였다. 그가 쓴 『안녕, 나의 모든 하루』는 라디오 오프닝 멘트를 묶은 에세이였다. 김창완은 "어떻게 이 글이 책이 될 수 있었는지 모르겠다"며 시종일관 겸연쩍어했다. 책 뒷이야기를 듣고자 만난 자리인데 어찌된 일인지 일상의 사사로움만 논하고 왔다. 가수이고 배우인데 어떻게 이토록 꾸밈이 없을까. 나는 홀로 감탄하는 중이었는데 그는 "왜 이렇게 멋져지고 싶은지 알 수 없다"며 희게 웃었다. 언젠가 그가 꼭 시를 쓰면 좋겠다고 생각하면서 "'한국 록의 전설'이라고 불리는 게 싫다면 어떻게 기억되고 싶나요? 타인 혹은 사회에게 바라는 것은 없나요?"라고 물었다.

"혹시라도 그런 게 생기더라도 나를 먼저 봐야 할 것 같아요. 제가 아버지께서 돌아가신 후 아버지와 점점 친해진다고 했잖아요. 정말 꼭 안아 주고 싶은 마음이 드는데, 이건 부모로부터 어떤 은혜를 입어서가 아니에요. 부모가 나에게 안 해 준 것조차도 은혜예요. 사회가 어떻게 변했으면 좋겠다는 바람이 있을 수 있지만, 모든 것이 내 삶에 의미 있다고 생각해요. 아무리 나쁜 환경도 환경이에요."

김창완은 "모든 것이 결국 내 인생의 질료로 쓰인다"고 말했다. 좋은 경험도 나쁜 경험도 다시는 생각조차 하기 싫은 상처까지. 녹취를 풀어 보니 그의 말에는 체념이 가득했다. '도리를 깨닫는 마음'의 체념諦念. 예순이 훌쩍 넘은 김창완은 지금도 한 달에 두 번 이상 공연을 한다. 어떻게 그럴 수 있을까. 아마도 질료 때문인 것 같다. 질료는 생존을 지속하게 만드는 가능성이니까.

부모가 최선을 다하면, 아이는 당연히 느낀다.

정신분석가 이승욱

나이 들어 성공한 사람을 눈여겨보는데 셰프 이연복도 그중 한 사람이다. 스토리 있는 삶을 살았으니 언제고 책이 나오겠지 싶었는데 꽤 빨리 나왔다. 헝그리 정신이 잊힌 시대에 그는 "일은 힘들게 배워야 한다"고 말했다. 동의하는 바지만 이 말을 쉽게 해선 안 되는 세상이다. 사람들은 이연복을 두고 '40년 넘게 중화요리 한 길만 고집해서 얻은 성공'이라고 치켜세웠지만, 그는 "먹고살기 위해 어쩔 수 없이 택한 길이었어요"라고 털어놓았다.

　나는 특별히 바쁘게 사는 사람을 만날 때마다 그의 자식 입장을 상상한다. 인생에서 중요한 건 성공이 아니라, 얼마나 많은 추억을 만드느냐에 달려 있으니까. 내가 생각하는 좋은 부모는 성공한 사람이 아니라 필요할 때 곁에 있어 주는 사람이니까. 너무나 바빠 보이는 이연복은 어떤 부모일지 궁금했다. "애들이 참 잘 자라 줬거든요. 한번은 물어봤어요. 내가 너희한테 특별히 잘 한 게 없는데 어떻게 이렇게 잘 자랐냐고. 그랬더니 '엄마, 아빠가 열심히 사는데 우리가 어떻게 삐뚤게 나가요'라고 했어요." 보는구나, 보이는구나. 부모의 애씀을 자식이 모를 수가 없구나 싶었다.

　『천 일의 눈맞춤』을 쓴 정신분석가 이승욱을 만났을 때, 나는 초보 엄마 딱지를 막 떼기 위해 안간힘을 쓰고 있었다. 하루 세 시간은 아이가 엄마 냄새를 맡게 하고 싶은데, 평일에 겨우 두 시간 반이 내게 할당된 아이와의 시간이었다. "눈맞춤보다 중요한 육아는 없다"는 그의 말을 듣고 하루에 한 번 아이와 눈을 맞추고 인사하는 습관을 만들었다. "엄마랑 얼굴 보는 시간이야"라고 부른 후, 아들을 내 무릎에 앉혔다. 문득문득 내가 엄마로서 부족하다 느낄 때, 주문처럼 왼다. 아이도 엄마의 노력을 분명 알고 있을 거라고.

그렇게 구체적으로 말해 줘 고마워요.

문학평론가 정홍수

제목이 중요하다. 제목 때문에 어떤 글을 읽게 되고 어떤 책을 고르게 되니까.『창작과비평』2018년 가을호를 읽다가 나는 조금 놀랐고 그냥 넘기려고 했던 글을 읽게 됐다. '앗, 이것이 문학 평론의 제목이라고?' 문학평론가 정홍수가 필립 로스를 기리며 쓴 평론의 제목은「그렇게 구체적으로 말해 줘 고마워요」다.

메일을 쓸 때 최대한 구체적으로 쓴다. 오해를 만들지 않으려고, 같은 질문을 받고 싶지 않아서, 한번에 일을 끝내고자 하는 욕망이 나를 점점 구체적인 인간으로 만든다. 때때로 나는 너무 구체적이라서 구차한 사람이 되는 건 아닐까, 타인에게 너무 깐깐한 사람으로 읽히고 있는 게 아닐까 두렵다. 나도 정말이지 간단한 몇 문장으로 오해 없는 사실을 전하고 싶은데, 날이 갈수록 점점 사설이 길어만 간다.

구체적인 인간이 돼야겠다고 생각한 건 구체적으로 말하는 사람들과 일한 경험 때문이다. 자기 생각과 회사의 입장을 정확하게 공유하는 사람을 만났을 때 프로젝트가 훨씬 수월하게 진행됐다. 처음엔 너무 시시콜콜 말하는 게 아닌가 부담스러웠는데, 결국 나에 대한 배려임을 알게 됐다. 내 멋대로 상상할 수 있는 오해를 일찍이 차단해 준 그들에게 나는 지금도 고마운 마음을 갖고 있다.

과도한 정보와 구체적인 정보는 다르다. 구체적으로 말하는 사람은 상대를 위해 애쓰는 사람이다.

유리한 쪽보다 유익한 쪽에 설 때
내 인생도 더 단단하게 다져진다.

변호사 이은의

법정 영화를 볼 때마다 견딜 수 없는 분노를 느낀다. 이렇게 영화관에서 영화나 보고 있어도 되는 건가. 정지영 감독의 『부러진 화살』을 봤을 땐 이미 아는 이야기였는데도 한 달 넘게 후유증이 지속됐다. 세상에는 참으로 다양한 아픔이 있다. 그런데 내가 하지도 않은 일을 했다고 오해받는데, 심지어 그것이 불의한 일이라면 사람은 어떻게 살아갈 수 있을까. 남은 생을 어떻게 버틸 수 있을까. 상상조차 하기 힘들다. 내가 어떤 진실을 알고 있을 때, 그것을 밝혀서 희비가 엇갈리는 상황이 발생할 때, 나는 어떤 선택을 할까. 입을 닫고 있을까, 아니면 전면에 나설 수 있을까. 나는 정의로운 사람을 좋아하고 존경하지만 그것이 내 삶과 연결될 수 있을까?

사회 이슈에 유독 예민하게 반응하는 친구가 있다. 이 친구의 예민함을 나는 좋아한다. 친구는 언제고 자신의 입장, 생각을 밝히는 일에 주저함이 없다. 때때로 즉흥적이지만 자신이 손해 볼 상황을 두려워하지 않는다. 나는 친구를 좋아하고 신뢰하고 지지하지만, 친구가 곤란한 상황에 처하지 않기를 바라는 마음이 크다. 하루는 대놓고 물었다. "네 말이 옳은 거 너무 잘 아는데, 그래도 조금 부드럽게 말하면 어때? 걱정하는 마음에서 하는 말이야." 친구는 내가 이런 말을 안 하려고 노력한다는 걸 알기에 진지하게 내 말을 듣고 말했다. "알지, 알아. 그런데 지혜야. 부드럽게만 말하면 너무 오래 걸려. 아무도 들어 주지 않아. 나는 악역이 되는 게 두렵지 않아. 내가 떳떳하고 싶어서 하는 일이야."

친구는 언제나 타인에게 유익한 방향을 선택했다. 그러면서 늘 "내가 좋아서, 내가 하고 싶어서 한 일이야"라고 말했다. 매일 생각한다. 내가 단단해질 수 있는 방향은 어디인지. 훗날 무엇이 내 삶에 이로운지.

진짜를 접하고 진짜를 먹으면서 자라면,
나중에 가짜를 접해도 수정하는 힘이
생길 거라고 생각해요.

제빵사 와타나베 이타루

099

아들이 돌이 되었을 무렵이다. '좋은 부모란 무엇인가, 아이와 보낼 수 있는 시간이 상대적으로 적은 부모에겐 어떤 양육 자세가 필요할까'에 관한 문제로 골머리를 앓고 있었다. 만나는 사람이 부모일 때마다 물었던 것 같다. 아이를 키우며 가장 중요하게 생각하는 것이 무엇이냐고. 『시골빵집에서 자본론을 굽다』의 저자 와타나베 이타루와 부인 마리코를 인터뷰할 때도 마찬가지였다.

"자녀에 관한 글이 무척 기억에 남아요. '부모가 열심히 일하는 모습을 보고 자란 아이들은 자기 안에 있는 힘을 비축해서 건강하게 자란다'고 쓰셨는데요. 어떤 교육 철학이 있을까요?

마리코: 건강하게 자라는 것이 제일 중요해요. 진짜를 접하고 진짜를 먹으면서 자라면, 나중에 가짜를 접해도 수정하는 힘이 생길 거라 생각해요. 시골 생활이 좋은 건 아이들이 이 나물이 어떻게 자라는지를 알 수 있다는 거예요. 삶과 직접적으로 연계할 수 있는 부분이 많죠.

이타루: 생각하는 힘과 창의력, 이 두 가지가 있으면 제대로 자랄 수 있다고 생각해요."

진짜와 가짜를 구별할 수 있는 능력은 곧 생각하는 힘이고, 생각은 곧 창의력 아닌가. 두 사람은 결국 하나의 이야기를 하고 있었다. '불량 식품과 스마트폰은 최대한 늦게' 엄마인 나의 신조다. 생애 처음 먹는 이유식으로 식성이 만들어진다는 이야기를 듣고 아이가 잠들면 열심히 채소를 다듬고 쌀을 저었다. 아이의 평생 식성을 만들어 준다는데 고민할 필요가 없었다. "초콜릿, 과자를 너무 안 먹이면, 패스트푸드에 집착하는 아이가 된다"는 말을 듣기도 한다. 그래서 이 작은 아이에게 굳이 먼저 슈퍼마켓 음식을 주라고? 나는 반대다. 수정하는 힘, 생각하는 힘. 이 둘만 있으면 아이는 어떤 환경에서도 자기 것을 만들 수 있지 않을까. 진짜를 보여 주는 부모가 되고 싶다.

미래에 대한 그림 자체를 그리지 않아요.
미래라는 시간을 생각해야 할 사람은
그 미래라는 시간을 살아갈 미래의 나예요.
지금의 나는 아니에요. 오늘만 내가 쓰고 싶은
시를 쓸 수 있다면 그게 다예요.

시인 김소연

100

또래 작가를 만났다. 전업 작가로 매년 두세 권의 책을 쓰고 있는 그는 돈을 적게 벌고 적게 쓰는 삶을 택했다. 따끈한 국밥을 먹기로 한 날, 나는 밥을 먹다 그에게 물었다. "어떻게 1년에 두 권 이상의 책을 쓸 수 있어요? 정말 대단해요." 그는 짧은 한숨을 내쉬며 비슷한 질문을 정말 많이 받는다고 했다. "그런데요, 지혜 씨. 저는 한 달에 두세 번 있는 강연을 제외하면 대부분 글 쓰는 시간이니까요. 생산성이 그렇게 큰 편은 아니에요. 생각해 봐요. 매일 글을 쓰고 책을 생각하는 삶이잖아요." 순간 멋쩍은 미소를 보일 수밖에 없었다. 전업으로 글을 쓰는 작가에게 왜 이렇게 책을 많이 쓰냐고 묻다니, 무척 한심한 질문이었다.

그가 내게 물었다. "지혜 씨는 마지노선이 있어요? 지금 하는 일을 언제까지 한다든가, 직장을 언제까지 다닐 거라든가." 나 역시 정말 많이 듣는 질문이라 답이 절로 나왔다. "6개월 이후의 계획은 세우지 않는 편이라서요. 지금 시점에서는 일하는 게 더 좋고, 회사에서도 하기 싫은 일보다 좋은 일이 더 많은 상태, 그러니까 장점이 6이고 단점이 4인 상황이라서요. 견딜 만해요. 못 참겠다 싶은 상황이 오면, 변화가 필요하다는 확신이 들면 그때 고민하겠죠. 지금의 저는 내일만 고민해요."

"하루를 산다"는 말, 예전에는 곱게 들리지 않았다. 고민 없는 인생이구나, 걱정 없는 인생이구나, 미래를 준비하지 않는 인생이구나 싶어 혀를 찼다. 하나 지금의 나는 '잘 산 하루하루'가 내일을 만든다는 진리를 몸소 깨치고 있다. 내일은 오늘을 잘 산 사람에게 오는 선물이니까. 내일의 나는 또 다른 모습이니까.

밑줄 그은 책들

강상중, 노수경 옮김, 『나를 지키며 일하는 법』, 사계절
강원국, 『강원국의 글쓰기』, 메디치미디어
강창래, 『오늘은 좀 매울지도 몰라』, 루페
권여선, 『오늘 뭐 먹지?』, 한겨레출판
김금희, 『경애의 마음』, 창비
김병수, 『사모님 우울증』, 문학동네
김소연, 『한 글자 사전』, 마음산책
김언, 『한 문장』, 문학과지성사
김용택, 『마음을 따르면 된다』, 마음산책
김윤관, 『아무튼, 서재』, 제철소
김재수, 『99%를 위한 경제학』 생각의힘
김정운, 『가끔은 격하게 외로워야 한다』, 21세기북스
김중석, 『잘 그리지도 못하면서』, 웃는돌고래
김진애, 『집 놀이, 그 여자 그 남자의』, 반비
김호·정재승, 『쿨하게 사과하라』, 어크로스
김훈, 『라면을 끓이며』, 문학동네
난다, 『거의 정반대의 행복』, 위즈덤하우스
록산 게이, 노지양 옮김, 『헝거』, 사이행성
문소리 외, 『부디 계속해주세요』, 마음산책
문숙, 『문숙의 자연식』, 샨티
박민규, 『삼미 슈퍼스타즈의 마지막 팬클럽』, 한겨레출판
박웅현, 『다시, 책은 도끼다』, 북하우스

박준, 『운다고 달라지는 일은 아무것도 없겠지만』, 난다

볼드피리어드편집부, 『볼드저널』 8호, 볼드피리어드

비스와바 쉼보르스카, 최성은 옮김, 『읽거나 말거나』, 봄날의책

수신지, 『며느라기』, 귤프레스

악스트편집부, 『악스트』 16호, 은행나무

오소희, 『엄마 내공』, 북하우스

오영욱, 『변덕주의자들의 도시』, 페이퍼스토리

오인숙, 『서울 염소』, 효형출판

와타나베 이타루, 정문주 옮김, 『시골빵집에서 자본론을 굽다』, 더숲

완주숙녀회·이보현, 『안 부르고 혼자 고침』, 휴머니스트

요조, 『오늘도, 무사』, 북노마드

유희열, 『익숙한 그 집 앞』, 랜덤하우스코리아

은희경, 『상속』, 문학과지성사

은희경, 『행복한 사람은 시계를 보지 않는다』, 창비

이건수, 『미술의 피부』, 북노마드

이경미, 『잘돼가? 무엇이든』, 아르테

이병률, 『안으로 멀리뛰기』, 북노마드

이서희, 『이혼일기』, 아토포스

이슬아, 『일간 이슬아 수필집』, 헤엄

이승욱, 『천 일의 눈맞춤』, 휴

이은의, 『예민해도 괜찮아』, 북스코프

이진순, 『당신이 반짝이던 순간』, 문학동네

장강명, 『5년 만에 신혼여행』, 한겨레출판

장석주·박연준, 『내 아침 인사 대신 읽어보오』, 난다

장혜영, 『어른이 되면』, 우드스톡

정민영, 『편집자를 위한 북디자인』, 아트북스

정수복·장미란, 『바다로 간 게으름뱅이』, 동아일보사

정아은, 『엄마의 독서』, 한겨레출판

제현주, 『일하는 마음』, 어크로스

조선희, 『정글에선 가끔 하이에나가 된다』, 한겨레출판

조세희, 『시간 여행』, 문학과지성사

창작과비평편집부, 『창작과비평』 181호, 창비

피터 레이놀즈, 김경연 옮김, 『단어수집가』, 문학동네어린이

하지현, 『엄마의 빈틈이 아이를 키운다』, 푸른숲

한대수, 『바람아, 불어라』, 북하우스

한창훈, 『한창훈의 나는 왜 쓰는가』, 교유서가

허수경, 『그대는 할말을 어디에 두고 왔는가』, 난다

허혁, 『나는 그냥 버스기사입니다』, 수오서재

J. D. 샐린저, 이덕형 옮김, 『호밀밭의 파수꾼』, 문예출판사

태도의 말들
: 사소한 것이 언제나 더 중요하다

2019년 2월 4일   초판 1쇄 발행
2024년 12월 24일   초판 22쇄 발행

지은이
엄지혜

펴낸이	**펴낸곳**	**등록**	
조성웅	도서출판 유유	제406-2010-000032호 (2010년 4월 2일)	

주소
경기도 파주시 돌곶이길 180-38, 2층 (우편번호 10881)

전화	**팩스**	**홈페이지**	**전자우편**
031-946-6869	0303-3444-4645	uupress.co.kr	uupress@gmail.com
	페이스북	**트위터**	**인스타그램**
	www.facebook.com/uupress	www.twitter.com/uu_press	www.instagram.com/uupress

편집	**디자인**	**마케팅**	
전은재, 조세진	이기준	전민영	

제작	**인쇄**	**재책**	**물류**
제이오	(주)민언프린텍	라정문화사	책과일터

ISBN 979-11-89683-03-0 03800